17 Briefe oder der Tag,
an dem ich verschwinden wollte

KAROLIN KOLBE

17 BRIEFE ODER DER TAG, AN DEM ICH VERSCHWINDEN WOLLTE

PLANET GIRL

Noch 17 Tage

Es begann an dem Tag, an dem sie verschwinden wollte. Der Tag war nicht besonders, er war nicht anders als die davor oder die, die noch kommen sollten. Das Wetter war grau, die Heizungen kalt und er schien noch nicht einmal gut genug zu sein, ihrem alten Leben auf ewig den Rücken zu kehren, keiner, der in Erinnerung bleiben würde.
Es war einfach nötig.
Bitter nötig.
Line schob ihr Fahrrad langsamer, als sie in ihre Straße einbog. Der Bürgersteig unter ihren Schuhen schien wie mit Pech bestrichen, so sehr klebten ihre Sohlen auf dem grauen Asphalt und wollten sich nicht lösen, wollten nicht mehr vorangehen. Wieso auch? Sie war jetzt achtzehn Jahre alt. Und sie würde sich endlich trauen zu tun, was sie wollte. Schließlich war sie erwachsen.
Der Herbstwind fegte durch die kleinen Vorgärten und hob die Blätter der pingelig gepflegten Beete in die Luft, wirbelte sie einen Moment umher, ehe er sie in einer fast ironischen Unordnung wieder losließ. Als wolle er die Bewohner der schmalen Reihenhäuser ärgern.
Line lief weiter. Das kleine Gartentor mit dem blauen

Schild schwang quietschend auf, als sie es mit ihrem Fuß anstieß und auf das ungemähte Gras trat. Es roch nach Essen. Schon hier konnte sie das brutzelnde Fett riechen, mit dem ihre Mutter das Mittagessen zubereitete. Und das, obwohl es noch einige Meter bis zu der schmutzigen Haustür waren, hinter der sich der Ort verbarg, den sie am meisten hasste. Und der sie am meisten schützte.

Heute war Dienstag, Fleischtag.

Line lehnte das Rad an die graue Hauswand und stützte sich mit der Hand einen Moment ab, als sie spürte, wie der Kloß in ihrem Hals aufstieg.

Dann hob sie den Kopf, richtete ihren Blick auf das Küchenfenster. Sie konnte den Schatten ihrer Mutter sehen, die am Herd herumhantierte, spürte schon jetzt deren Sorge, einen Fehler zu machen.

Sie atmete tief durch und verkroch sich in der dicken Jacke, als wolle sie darin einsinken, unsichtbar werden und sich weit weg träumen.

Doch es half nichts. Sie trat zur Haustür und drückte auf den kleinen goldenen Klingelknopf. Ein lautes Rasseln ertönte von innen, Fußgetrappel.

Die Tür schwang auf.

»Line!«, rief das blonde Mädchen und schlang ihre kleinen Ärmchen um ihre Knie. Anna grinste breit und ergriff ihre vom Herbstwind eiskalte Hand. »Komm, komm.« Einen kurzen Moment geriet Lines Entschluss ins Wanken.

Hatte das Orakel vielleicht gelogen?
Nein, sie hatte ihre Entscheidung getroffen. Heute war der Tag. Endlich.
Und doch hatte sie ein leichtes Ziehen in der Magengegend, als sie auf den Scheitel zwischen den dünnen Rattenschwänzen blickte, der sich wie ein weißer Strich über Annas runden Kopf zog.
Line zwang sich, die Tür hinter ihrem eigenen Rücken zu schließen. Je schmaler der Lichtspalt nach draußen wurde, desto beklemmender wurde das Gefühl.
Zu.
Der Geruch von zu Hause strömte ihr entgegen. Eine Mischung aus schmutzigem Teppich und den alten Jacken, die an der Garderobe hingen. Mühsam schälte sie sich aus dem Anorak und hängte ihn an einen der völlig überladenen Haken. Heute war es noch dunkler als sonst in dem engen Flur. Die Schuhe, die sich auf dem Boden stapelten, versperrten fast den ganzen kurzen Weg zur winzigen Küche. Der rare Platz wurde von einem monströsen Schrank gefressen, ein abartiger Holzkasten, den ihr Vater geerbt hatte, als seine Eltern in eine spießige Altenresidenz gezogen waren und nicht alle Möbel hatten mitnehmen können.
»Line ...«, rief die Kleine ungeduldig und wartete bereits an der Küchentür auf sie. Line stellte die Stiefel ordentlich zur Seite und bahnte sich dann einen Weg zu ihrer kleinen Schwester.
Allein diese Enge machte sie krank.

Anna zupfte an ihrem Pullover, ein hässliches Strickteil, das ihre Großmutter ihr zu Weihnachten geschenkt hatte. Orange-braun gestreift. Wahrscheinlich hatte sie ihn mit Absicht so klobig gestrickt, um ihrer Enkelin zu zeigen, was sie von ihr hielt.

Line beugte sich runter zu Anna. Dabei fiel ihr strähniges Haar wie ein brauner Vorhang auf die Schultern der Jüngeren. Anna formte mit ihren kleinen dicken Händen einen Trichter an Lines Ohr und setzte ihre Lippen daran.

»Papa ist schon da«, flüsterte sie. »Ich will nicht allein reingehen.« Lines Herz zog sich bei diesen Worten zusammen.

Ein bisschen Gefühl steckte also doch noch in ihrem sonst so tauben Körper. Was würde Anna ohne sie tun? Schnell verdrängte sie diesen einzigen Gedanken, der ihr Vorhaben noch gefährdete.

Dann schubste sie das moppelige Mädchen nach vorne in die Küche, um den Moment hinter sich zu bringen. Wie jeden Dienstag.

»Hast du das Salz vergessen, Olga?«, raunzte er und strich sich genervt über den Schnurrbart. Line hatte dieses Ungetüm über der Oberlippe ihres Vaters noch nie leiden können. Wie ein gerupfter Vogel thronte er dort und zitterte bedrohlich, wenn er sprach.

Eigentlich hatte sie auch ihn nie gemocht.

»Aber ja, Schatz«, piepste ihre Mutter und sprang von dem kleinen Esstisch auf, um das Salz aus dem Gewürzschränkchen zu holen. Obwohl es erst Mittag war, mussten sie in dem dunklen Zimmerchen die Lampe einschalten. Doch auch das Licht des braunen Glaslampenschirms konnte den mit Holzimitat verkleideten Raum nicht aufhellen.

Er griff nach dem Glasfässchen und würzte ordentlich nach.

Line senkte den Kopf und ließ ihr Haar nach vorne fallen. Bat einfach darum, dass diese Mahlzeit bald vorbei sein würde.

»Gibt's keinen Senf?«, fuhr ihr Vater seine Frau an und Line duckte sich noch tiefer, wollte sich am liebsten die Ohren zuhalten und die Augen schließen.

Sofort erhob sich Olga wieder und trat zum Kühlschrank. Ihre kurzen Locken lagen unordentlich auf ihrem Kopf und ihr hageres Gesicht zierten bereits die ersten roten Hektikflecken. Line registrierte das Zittern ihrer dürren Finger, als sie den Senf vor ihrem Mann abstellte.

Heute ging es besonders schnell.

»Na dann«, brummte er und schnitt sich ein großes Stück von seinem Schnitzel ab. Die glänzenden Zwiebeln fielen auf dem Weg zu seinem Mund zurück auf den Teller und blieben in dem dichten Schnurrbart hängen. Er kaute eine Weile geräuschvoll und Line

9

spürte die Anspannung ihrer Mutter, die selbst nichts zu sich nehmen konnte, ehe sie nicht abgewartet hatte, ob er etwas beanstandete.

Doch heute schwieg er. Und Olga atmete auf, aber so lautlos, dass er es nicht hören konnte.

»Die wollen unsere Löhne schon wieder kürzen, diese Halsabschneider«, brummte er zu niemand Bestimmtem im Raum.

»Aber Jens, das geht doch nicht«, reagierte seine Frau sofort, auch wenn ihre Stimme leise klang. Sie hätte ihm auch bei jeder anderen Aussage zugestimmt. Er beachtete sie nicht.

»Ihr zwei da«, sagte er dann. Jetzt sah er doch auf und deutete mit der fettigen Gabel auf seine Töchter, »ihr müsst anständig lernen, damit ihr später genug Geld verdient. Ich wollte ja immer studieren, aber dann wurde eure Mutter schwanger.«

Sofort schoss dieser die Röte in die Wangen. Er hatte sein leidiges Thema gefunden und sie begann an der Tischdecke zu zupfen, fasste sich reflexartig an den Bauch.

»Ja, wenn du nicht vor achtzehn Jahren gewesen wärst, Line«, nuschelte er zwischen zwei weiteren Bissen, »dann hätte ich erst eine Weltreise gemacht und wäre dann zur Uni gegangen. Aber so, wie es kam, blieb mir ja nichts anderes übrig, als eure Mutter zu heiraten. Eure Großeltern hätten mich sonst zum Teufel gejagt.«

Es herrschte eine Weile Schweigen, nur das Gekratze

von Besteck auf Porzellan füllte den engen Raum. Line wusste nicht, das wievielte Mal diese Worte aus dem Mund ihres Vaters tönten. Und obwohl ihre Mutter Olga ihr mehr als einmal versichert hatte, dass sie keine Schuld an seinem Frust trug, hatte sich genau dieses Gefühl in ihr festgenagt. Sie pickte ein Stück Kartoffel auf und schob es eine Ewigkeit im Mund herum, ehe sie schlucken konnte.
»Und Kinder sind teuer, da musste ich nun mal gleich arbeiten. Da war kein Geld da fürs Studieren.«
Der Zeiger der Küchenuhr tickte.
Tick. Tack. Tick. Tack.
Bei beinahe jedem Ticken wanderten Lines Augen hastig nach oben. Jedes Ticken brachte sie dem Ende dieser Mahlzeit näher, mit jedem Ticken konnte sie eher in ihr Zimmer flüchten, in ihre Höhle.
Doch heute hatte das Geräusch noch eine schwerwiegendere Bedeutung.
Line lächelte.
Der Gedanke erleichterte sie und durchströmte sie mit plötzlicher Euphorie. Es war egal, ob Jens ihr heute wieder die Schuld für seine Enttäuschungen zuschob. Heute Abend würde er keine Schuldige mehr haben.
»Jetzt iss doch endlich mal«, sagte er plötzlich und blickte sie aus seinen schlammbraunen Augen vorwurfsvoll an.
Sie senkte den Kopf, versteckte sich erneut hinter ihrem strähnigen Haar.

»Meinst du, deine Mutter hat sich umsonst in die Küche gestellt? Hätte ich es mir aussuchen können, hätte ich mich gegen Kinder entschieden.« So war es immer.

Der Einzige, der die Arbeit ihrer Mutter nicht registrierte und beinahe niemals guthieß, war er.

Und der Einzige, der seinen Kindern genau das zum Vorwurf machte, war ebenfalls er.

Er schnitt erneut grob in sein Schnitzel, sodass das Fett über den Tisch spritzte. »Und du«, jetzt sah er hinüber zu Anna, die bereits zum dritten Mal nach der Soße griff, »du solltest lieber die Finger davon lassen. Wirst ja auch immer dicker.« Er kaute, hielt dann erneut inne. »Jetzt iss endlich dein Schnitzel!«, verlangte er erneut von Line und legte sein Besteck nieder. Mit zusammengekniffenen Augen fixierte er seine Tochter.

»Ich ... ich kann nicht«, flüsterte Line hinter ihrem Vorhang hervor. Sie hörte, wie Olga neben ihr die Luft anhielt und dann mit einer hektischen Bewegung ein winziges Stück von ihrem eigenen Fleisch sägte.

Line dachte an später.

An den Ausweg, das gab ihr Kraft.

Sie hob den Kopf und blickte in die dunklen Augen.

»Ich bin Vegetarierin.«

Als sie die Tür hinter sich zuschlug, war sie allein. Endlich allein. Sie blieb einen Moment stehen, dann sank sie an der Zimmertür nieder und kauerte sich auf dem Boden zusammen, ganz klein.

Ihre Höhle, wie sie ihr Zimmer als kleines Kind getauft hatte, war gelb gestrichen, ein warmes Sonnengelb, das sie sich als Zehnjährige ausgesucht hatte. »Gelb wie Mais«, hatte sie gesagt und nach der Farbe gegriffen. Ihr Vater hatte den Bottich genommen und aufs Preisschild gesehen.

»Na gut«, hatte er gesagt und dann war ihre Höhle zu einer Sonnenhöhle geworden.

Jetzt strahlte es zu sehr, tat fast in den Augen weh. Das schmale Bett unterm Fenster war zerwühlt, doch Line war froh darum. Es bewies, dass niemand ihr Zimmer betreten hatte, seitdem sie es vor der Schule verlassen hatte. Sie fühlte sich in ihrer Höhle zwar nicht mehr wohl, doch sie gehörte immer noch ihr.

Line schluckte und spürte wieder die Schwerelosigkeit in sich aufsteigen, die der Gedanke an das Verschwinden in ihr auslöste.

Sie hatte schon lange über die Flucht nachgedacht. Über die Flucht und die besten Verstecke, die diese Welt bieten konnte. Eigentlich schon, seit sie sich erinnern konnte. Nicht unbedingt an ihr eigenes Verstecken, das nicht, aber irgendwie hatte der Gedanke sie seit jeher fasziniert, dass Menschen einfach gingen und dann nicht mehr da waren. Dass andere sie suchten und dass sich niemand finden lassen musste.

Dass unwichtig wurde, was sie erreicht hatten und was

nicht. Denn die Enttäuschung der anderen musste niemand ertragen, der sich versteckte und nie wieder hervorkroch.

Jeder Fehler, jede Angst, jedes Missgeschick und Versagen konnte vergessen werden, wenn man sich vor dem Rest der Welt versteckte.

Und dass es so immer einen Ausweg gab.

Sie hatte den Gedanken in sich getragen, wie einen kleinen Samen, doch wann er zu keimen begonnen hatte, ernsthaft zu keimen, daran erinnerte sie sich nicht mehr so genau.

Vielleicht an dem Tag, an dem drei Mädchen aus ihrer Klasse ihr nach dem Schwimmunterricht die Kleidung gestohlen hatten.

Vielleicht auch an jenem, als ihr Vater zum hundertsten Mal gesagt hatte, dass sie eine Strafe für ihn war. Als er sie angeschrien hatte, ihre Geburt habe all seine Freiheit und seine Zukunft zerstört.

Oder vielleicht in einem der Momente, als er seine Unzufriedenheit an ihrer Mutter ausließ.

Line hatte sie beschützen wollen, diese zarte Frau mit den kurzen Locken, die das Pech gehabt hatte, einen so cholerischen und fordernden Mann zu finden, der ihr die letzte Stabilität raubte. Ein Grund mehr, den Ausweg zu wählen.

Denn sie, Line, hatte versagt.

Weder ihrer Mutter geholfen noch ihrer kleinen Schwester, die den harten Worten des Vaters ebenso ausgesetzt war wie sie selbst. Und heute war Dienstag. Der einzige Tag unter der Woche, an dem ihr Vater bereits am Mittag zu Hause war. Der einzige Tag, an dem ein deftiges Fleischgericht auf dem Küchentisch stehen musste. Und der einzige Tag, an dem beim Essen nicht nur diese furchtbare Gleichgültigkeit herrschte, mit der ihre Mutter sich so oft umgab, sondern beinahe greifbare Angst. Vor den Launen, den schmerzenden Worten ihres Vaters. Was auch immer ihm einfallen würde.

Line schüttelte den Kopf. Sie wollte nicht mehr denken müssen, dieses ewige Kopfkarussell, das sich drehte und drehte und sie nie zur Ruhe kommen ließ.

Der kleine Spiegel, der ihr graues Gesicht hinter dem dünnen Haar kaum erfassen konnte, hing direkt neben ihrem Orakel.

Ja, denn dem war es zu verdanken, dass sie sich endlich getraut hatte. Das Orakel log nie. Niemals.

So wenig Ruhe Line für die Dinge fand, die ihr Freude bereiteten, ihre Bücherliebe hatte sie schon immer gepflegt. Die Bücher waren ihre Freunde, ihre Familie und vor allem ihre Ratgeber. Ihr Orakel eben.

An dem Tag, an dem sie entschieden hatte, dass etwas passieren musste, war sie mit geschlossenen Augen an das Regalbrett getreten, das Brett, auf dem fein säuberlich ihre Reclam-Heftchen standen, eines neben dem anderen. Sie wusste nicht wieso, aber sie vertraute den gelben Lektüren mehr als irgendeinem Menschen.

Ihre Finger waren, wie immer wenn sie einen Rat

brauchte, über die glatten Papierrücken gestrichen, bis es irgendwann so in den Fingerspitzen gekitzelt hatte, dass sie zugriff.

Nietzsche. Also sprach Zarathustra.

Line war überrascht gewesen und dann aber auch irgendwie erfreut. Das Orakel kannte eben doch immer eine Lösung. Der erste Schritt war geschafft.

Als Nächstes hatte sie geblättert, erneut mit geschlossenen Lidern, durch die raschelnden Seiten, auf der Suche nach dem Impuls, der Führung. Und dann hatte sie gestoppt, den Finger auf die Seite gelegt und den Satz gelesen.

Als Zarathustra dreißig Jahre alt war, verließ er seine Heimat und den See seiner Heimat und ging in das Gebirge.

Fasziniert, verblüfft und erleichtert, das war sie gewesen, als ihre Augen die Zeile Mal für Mal abtasteten.

Wieso war sie nicht selbst darauf gekommen? Das war doch die Lösung! Sie hatte das Reclam-Heftchen geküsst und zum allerersten Mal diese kleine Leichtigkeit in sich gespürt, die sie seitdem in ihrem Herzen hervorrufen konnte, wann immer es um sie herum zu dunkel wurde. Nur durch den fantastischen, zauberhaften Gedanken, bald nicht mehr da zu sein. Einfach zu gehen, alles zurückzulassen und niemandem zu verraten, dass sie nicht mehr zurückkehren würde. Wie Zarathustra einen Ort der Einöde zu finden, an den außer ihr kein Mensch hinkam. An dem es nur sie selbst gab.

Auch jetzt stahl sich auf Lines Lippen wieder ein kleines Lächeln, ein Anflug nur, doch nicht zu leugnen.

Heute war ihr letzter Tag in diesem Haus und zugleich der letzte Tag des Orakels. Und einen letzten Rat würde sie sich noch holen wollen, einen letzten Abschiedsgruß, ehe sie ihr altes Leben hinter sich ließ.

Mit geschlossenen Augen zog sie ein Heftchen heraus. Kleist. *Das Erdbeben in Chili*.

Sie schluckte. Ihr Entschluss stand fest. Doch der letzte Satz des Orakels war ihr wichtig, ihn würde sie in ihrem Herzen tragen, wenn sie gleich ging. Die letzten Worte von einem ihrer besten Freunde.

Sie schlug das Papier auf, der besondere Duft zerlesener Lektüre stieg in ihre Nase und sie legte den Finger nieder.

Der Satz war lang, länger als der, mit dem Zarathustra sie zum Weglaufen ermutigt hatte. Ihr Kopf drehte sich, als sie ihn las. Sie überflog ihn wieder und wieder. Ihr Herz begann zu rasen, sie spürte, wie Blut in ihr Gesicht schoss.

Das Orakel log nie!

Nachdem sie die Lektüre auf den Boden hatte fallen lassen, setzte sie sich an den Schreibtisch, griff nach einem Kuli und verfasste den ersten Brief.

Ließ alles aus ihrem Kopf durch den Stift strömen und schrieb.

Noch 16 Tage

Seine Augen flogen über das Papier, wie ein Zugvogel, der immer und immer an den Anfang zurückgeworfen wurde und sein Ziel nie erreichte. Die Sonne wärmte seinen sommersprossigen Nacken und stahl sich einen Weg durch seinen groben Schal hindurch, während er sich zu den fein geschwungenen Buchstaben hinabbeugte.

War das hier ein dummer Scherz, hatten irgendwelche Kinder Spaß daran, Zettel mit solchen Botschaften zu schreiben und sie unter Steine zu legen? Doch dafür klangen die Worte zu schwer, zu dunkel und ernst.

Er kratzte sich verwirrt am Kopf, sodass sein blondes Haar in alle Richtungen abstand.

Der Bach plätscherte gemächlich vor sich hin an einem dieser letzten schönen Herbsttage und glitzerte im nachmittäglichen Schein, wand sich schillernd durchs hohe Gras.

»Anton? Hast du ihn?«, rief eine Stimme und er fuhr aus der Hocke auf.

»Ja, Moment«, gab er zurück und bückte sich erneut, um nach dem roten Strickschal zu greifen, der sich unter dem Stein verfangen hatte. Dem Stein, unter dem er auch diesen merkwürdigen Zettel gefunden hatte, den er nicht verstand.

»Ist er sehr dreckig? Ich hab keine Lust, einen matschigen Schal anzuziehen«, rief sie wieder und er griff mit spitzen Fingern nach der feuchten Wolle.

»Na ja«, sagte er und stapfte über das hohe Gras zu ihr hinüber. Sie blinzelte, als sie entgegen der Sonne zu ihm hochsah und sich eine blonde Haarsträhne hinter das Ohr strich. Dann blickte sie auf den Schal.

»Igitt!«, kreischte sie, als Anton ihn ihr mit einem schiefen Grinsen entgegenhielt, »bist du denn völlig bescheuert?« Sie sprang von der Bank auf und machte einen Satz zurück. Mit gerümpfter Nase deutete sie auf die Holzlatten. »Leg ihn einfach dort hin, vielleicht trocknet er ja noch.« Antons Grinsen verschwand und er bettete das nasse Bündel auf den Platz, auf dem er bis eben gesessen hatte, ehe der Wind den Schal von ihren Schultern gerissen hatte und er hinterhergesprungen war.

Dann sah sie ihn aus etwas sanfteren Augen an und ergriff einen Moment seine kühlen Finger, lächelte ihn ganz kurz an. »Aber trotzdem danke.«

Seine Hand ließ sie los und er setzte sich auf dem verbleibenden freien Stück der Bank nieder. Sie schloss die Augen, das Gesicht der Sonne entgegengestreckt. Verlegen stand Anton neben der Bank und wusste nicht, was er jetzt tun sollte. Nachdem sie sich eine Weile gesonnt hatte und nicht gewillt schien, die Stille zu unterbrechen, räusperte er sich.

»Nadine«, begann er und fischte den Zettel aus seiner Jackentasche. »Guck mal, der lag unten am Bach, dort, wo ich deinen Schal gefunden habe.«

Nadine öffnete die Augen und blickte fast missbilligend auf das weiße Papier in seiner Handfläche. »Zeig mal!« Er reichte ihr den Papierfetzen. Sie überflog die Schrift und zuckte dann mit den Schultern. »Aha«, meinte sie und schloss dann wieder die Augen.

War es schon immer so gewesen?

Ein wenig Ärger stieg in Anton auf, keine wirkliche Wut, aber doch genug, um seine Laune zu trüben.

Er schwänzte schon wieder das Training für sie, er hatte sie mit dem Auto abgeholt, weil sie keine Lust gehabt hatte durch die Pfützen, die der Herbstregen auf den Wegen hinterlassen hatte, zu radeln. *»Komm schon, die Sonne scheint grad so schön. Wer weiß, wie oft wir noch Gelegenheit haben werden, dieses Jahr zu* unserem *Platz zu fahren«*, hatte sie gesagt, als sie spontan angerufen hatte. Gerade als er dabei war, seine Sportsachen zu packen. Und er hatte sich so gefreut, dass Nadine sich meldete, von sich aus Zeit hatte, ein bisschen Zeit, nur ein bisschen Zeit für ihn.

Natürlich war er sofort aufgebrochen, nachdem er seine Eltern angefleht hatte, ihm das Auto zu leihen, und hatte sie abgeholt, raus aus ihrer piekfeinen Reihenhausgegend, in der kein Grashalm zu lang war und kein Hundehaufen den gefegten Bürgersteig zierte.

Und jetzt waren sie da.

Nadine, die Sonnenanbeterin auf der Bank. Und er – ersetzt durch einen nassen Schal.

Er seufzte und Nadine öffnete die Augen. »Hast du irgendwie schlechte Laune?«, fragte sie unschuldig und er schüttelte reflexartig den Kopf, doch er blieb weiter beharrlich neben ihr stehen. »Klar hast du das!«, fuhr sie ihn an und runzelte die Stirn. »Ich dachte, wir machen uns endlich mal wieder einen netten Nachmittag. Jetzt, wo ich so viel im Abiballkomitee zu tun habe.« Dann lehnte sie sich wieder zurück und schloss die Augen, doch ihre Mundwinkel zuckten, wie immer, wenn sie schlechte Laune bekam.

Anton betrachtete sie. Ihr gerades Profil, die wenigen Sommersprossen auf ihrer zierlichen Nase. Die vollen Lippen, die jetzt ärgerlich verkniffen waren, das zarte Wangenrot, von dem er nicht genau wusste, ob es von der beißenden Herbstkälte rührte oder doch eher ihrem Make-up-Kasten entsprang. Die schnittlauchglatten Strähnen umrahmten ihr Gesicht und fielen blond und ordentlich knapp über die Schultern.

Sie war ein schönes Mädchen.

Und er hatte solch ein Glück, mit ihr zusammen sein zu dürfen.

Anton wuschelte sich erneut durch sein eigenes halblanges Haar, eine Angewohnheit, die Nadine an ihm sofort gemocht hatte, als sie vor über einem halben Jahr zusammengekommen waren. Nachdem er so viele schlaflose Nächte wegen ihr verbracht hatte. Seine Freunde waren nicht ganz ohne Neid gewesen, sogar die Jungs vom Training kannten Nadine, obwohl nicht alle die gleiche Schule besuchten.

Er sollte aufhören, sich zu beschweren. »Hey«, raunte er und versuchte sich auf die kleine Ecke zu schieben, die auf der schmalen Bank noch frei war, »ich hab's nicht so gemeint.« Er vergrub sein Gesicht an ihrer Schulter und roch das fruchtige Shampoo, das sie so liebte. Sie seufzte und kraulte seinen Nacken.

»Das will ich aber auch schwer hoffen«, erwiderte sie schnippisch, doch immerhin stieß sie ihn nicht beiseite. Einen Moment saßen sie noch nebeneinander und blickten auf den kleinen Bach. Hier war es gewesen, bei einem Picknick, hier hatte er ihr den ersten Kuss gegeben, hauchzart und schüchtern.

Die letzten Sonnenstrahlen verzogen sich langsam hinter dichten Wolken und er fühlte, wie Nadine in seinen Armen zu frösteln begann. »Lass uns gehen!«, unterbrach sie seine Erinnerung und sprang auf. »Ich muss noch telefonieren, wir haben den Ballsaal nicht bekommen, den wir wollten. Irgendeine Firmenfeier, was weiß ich ...« Sie wand sich aus seinen Armen und stapfte, ohne sich weiter nach ihm umzusehen, Richtung Parkplatz.

Überrascht blieb er noch einen Moment sitzen. Das war Nadine. Heiß und kalt, Feuer und Eis.

Er hob den Zettel auf, den sie achtlos hatte fallen lassen, und knüllte ihn in seiner Hand zusammen, als er zu seinem eigenen Ärger innerlich wieder die leicht köchelnde Wut spürte.

Lass sie, beruhigte er sich, *du weißt doch, wie viel sie zu tun hat.* Trotzdem konnte er die Enttäuschung nicht unterdrücken, die das Hochgefühl trübte, das er vorhin noch gehabt hatte, als sie telefonierten.
»Kommst du endlich?!«, rief sie ungeduldig und verdrehte die Augen. »Ich friere, du nicht auch?«
Und er folgte ihr.
Wie immer.

Er schloss die Tür leise hinter sich, um seine Mutter nicht zu wecken. Nach einer Nachtschicht im Krankenhaus, wo sie trotz eigener Praxis ab und an arbeitete, wurde sie unerträglich, wenn sie erwachte, bevor ihr Wecker klingelte.
Anton schlich auf Zehenspitzen den hellen Hausflur entlang und trat hinter die Glastür, die ins Wohnzimmer führte. Der Fernseher lief, irgendjemand, wahrscheinlich seine Schwester, hatte vergessen, ihn auszustellen.
KiKA.
Und das, obwohl Vera schon vierzehn war. Doch seit sie krank war, seit sie so anders war, hatte sie sich immer mehr, immer öfter in ihre eigene Kinderwelt zurückgezogen. Die Zeiten, in denen sie ihn freudestrahlend begrüßt hatte, ihre Gitarre noch vom Üben in der Hand, um ihm ihr neuestes Stück vorzuspielen, waren seitdem vorbei.

Anton verscheuchte den Gedanken. Er dachte eh zu viel nach. Und das bedrückende Gefühl, das ihn zu Hause so rasch überkam, nahm schon wieder Überhand. Doch heute würde er das nicht zulassen.

Er schlüpfte aus der Jacke und ließ sich auf dem schwarzen Ledersofa nieder. Dann griff er nach der Fernbedienung und zappte eine Weile durch die Programme, doch am frühen Abend lief einfach noch nichts, was ihn interessierte. Wie gelähmt blieb er liegen, konnte und wollte sich nicht erheben, als lägen ihm Steine auf der Brust.

Wieso war Nadine so, wie sie war?

Wieso konnte sie nicht mehr so warmherzig sein wie am Anfang? Er hatte ja gewusst, worauf er sich einließ, wenn eines der beliebtesten Mädchen des Jahrgangs seine Freundin wurde. Und doch zweifelte er manchmal.

Ganz selten, aber immer öfter. Inzwischen eigentlich jeden Tag.

Er lag bereits eine Weile im Wohnzimmer als ebenso leise wie er eingetreten war die Tür aufschwang.

Anton drehte seinen blonden Kopf und strich sich durchs Gesicht. Seine Mutter konnte es noch nicht sein, normalerweise stand sie nicht vor dem Abendbrot auf.

»Na, mein Großer?«, ertönte eine leise Stimme hinter ihm und es war sein Vater, der mit Mantel und einer Zeitung unterm Arm hereinkam. »Bist du schön am Fernsehen?«

Anton schluckte. »Ja«, antwortete er dann auf diese sinnlose Frage. Er drückte den Knopf der Fernbedienung und das bunte Bild von irgendwelchen Zeichentrickfiguren, die Anton in einem hinteren Winkel seines Kopfes noch als eigene Kindheitserinnerungen identifizieren konnte, verschwand. Zurück blieb die graue Leere der Mattscheibe.

»Was machen wir uns denn heute Schönes zu essen?«, fragte sein Vater und ließ sich neben ihm auf dem knarzenden Ledersofa nieder.

»Weiß nicht«, sagte Anton und spielte mit der Katze, die sich auf dem Sofa eingerollt hatte. Eigentlich war es Veras Katze, aber im Moment kümmerte er sich mehr um das Tier als seine Schwester.

Anton bekam das Gefühl, dass heute nicht sein Tag war. Gefangen, allein und trotzdem unerträglich bedrängt.

»Wie wäre es mit Pizza? Oder ich könnte Döner holen«, schlug sein Vater vor und kratzte sich den lichter werdenden Haarschopf, als wäre ihm diese Unterhaltung selbst unangenehm.

»Vera ist heute zum Abendessen da. Das isst sie nicht«, gab Anton nur zurück und folgte dem plötzlichen Impuls, sich zu erheben. »Ich …«, begann er und ließ die Katze los, um seinem Vater kurz ins Gesicht zu blicken, »ich muss jetzt noch Hausaufgaben machen.«

Dann verließ er beinahe fluchtartig den Raum und stieg die Treppe hinauf in sein Zimmer. Wie der Zurückgelassene das Gesicht in der Hand vergrub, sah er nicht mehr.

Der kleine Zettel wog schwer in seiner Hand, schwerer, als man es bei normalem Papier erwarten würde. Er hatte sich ein wenig mit Wasser vollgesogen, war aber durchaus noch lesbar. Die kleinen Buchstaben mit dem schönen Schwung schienen in die Breite zu laufen, doch das nahm ihnen nicht die Anmut.
Was Anton aber viel faszinierender fand als die Schrift, waren die Zahlen in der rechten Ecke. Der Zettel war am heutigen Tag datiert worden.
Er knipste die Schreibtischlampe an. Die Herbstsonne, die kaum noch in sein Zimmer schien, zog sich langsam hinter den Nachbarhäusern zurück und das Lesen fiel ihm schon ein wenig schwer. Er glättete das Stück Papier, den Müll, den er normalerweise weggeworfen hätte, und betrachtete noch einmal den Text.
Ein Scherz? Oder bitterer Ernst? Eine seltsame Unruhe stieg in ihm auf, ein krampfartiges Gefühl in der Magengegend, als lägen diese Worte schwer in ihm.
Er las.

»Er nahm sich fest vor, nicht zu wanken, wenn auch jetzt die Eichen entwurzelt werden.«
Jeronimo wollte gehen.
Wie ich.
Jeronimo will nicht mehr gehen, will bleiben, will lieben.
Doch was will ich?

Orakel, du zeigst mir Widersprüche. Soll ich gehen, soll ich wanken, soll ich es tun, gegen diesen Rat von dir? Ohne dass ich weiß, wohin und wie? Oder soll ich trotz der ewigen Entwurzelung bleiben, wie Jeronimo es tut? Ich weiß nicht. Morgen komme ich noch einmal zum Bach. Morgen entscheide ich. Bitte gib mir einen Hinweis. Morgen gehe oder bleibe ich.
Entwurzeln oder nicht wanken.
Morgen.

Noch 15 Tage

Solltest du das hier lesen; sollte dieser Zettel, den ich gestern Abend an dem kleinen Bach gefunden habe, an dem du offensichtlich auch gewesen bist, von dir sein und sollte die Botschaft darin ernst gemeint sein, dann hör mir zu:
Jeronimo will bleiben, weil er seine Liebe zurückerlangen kann. Ich kenne das Erdbeben in Chili *zufälligerweise.*
Verschwinden ist kein Ausweg, denn damit verlierst du die Chance, alles zu verbessern. Ich weiß nicht, an welches Orakel du dich da hältst, ich weiß auch nicht, wieso du weglaufen willst. Aber hör nur darauf, wenn du wirklich nachgedacht hast. Darüber, wohin du gehen kannst, was du machen wirst und mit wem zusammen du diesen Weg gehen willst. Und wenn du das nicht weißt, dann bleib!

Line wurde schwindelig, sie trat einen Schritt auf dem unebenen Gras zurück und stolperte über ein Loch im Erdboden, fiel rückwärts. Heiße und kalte Wellen

durchfuhren ihren Körper und beruhigten sich nicht. Der Nebel waberte über der Wiese, der Boden war von der letzten Nacht noch immer durchgefroren und fühlte sich hart und steif unter ihr an.
Line riss ihre Mütze vom Kopf.
Sie hatte das Gefühl, die einzelnen Äderchen in ihren Augen pulsierten, hatte den Eindruck, jeden Grashalm in seiner schneidenden Schärfe haargenau wahrzunehmen.
Sie roch das brackige Wasser des Baches, fühlte die feuchte Erde, die sich zwischen ihren Fingern nach oben quetschte, die einzelnen Steinchen, die sich in ihre Handteller bohrten.
Sie fühlte intensiv, hatte zum ersten Mal seit Monaten den Eindruck, die Welt wieder wahrzunehmen. Vorher war ihr gar nicht aufgefallen, dass sie, wie in eine dicke Schicht Watte gepackt, weder gespürt noch gerochen oder gesehen hatte. Vollkommen zurückgezogen in sich, in ihrer eigenen Welt hinter den Brillengläsern und dem Vorhang aus Haar.
Doch diese Worte, dieser Zettel, diese wenigen Buchstaben hatten in ihr eine Saite zum Klingen gebracht, von der sie schon lange nicht mehr wusste, dass es sie gab.
Line fröstelte, aber das war gut.
Bleib!
Endlich spürte sie die schneidende Kälte des Herbstwindes, nahm das Rascheln der Blätter wahr, die um ihre

Füße tanzten wie kleine Ballerinas, und blinzelte, als die Sonne des frühen Morgens ihr in die Augen stach.
War wirklich schon Herbst?
Sie blickte auf die Uhr und erschrak. Fünf vor acht. Pünktlich zur ersten Stunde würde Line nicht mehr in der Schule ankommen.
Sie rannte zurück zu dem Spazierweg, wo sie ihr Fahrrad hatte stehen lassen, um einen Abschiedsgruß bei ihrem gestrigen Brief zu hinterlassen. Nur für den Fall, dass irgendjemand einmal von ihrem Verschwinden erfahren sollte. Doch da hatte Line noch nicht gewusst, dass in der Zwischenzeit etwas geschehen war.
Sie war gehört worden, jemand wusste davon.
Sie teilte ihr Geheimnis nun mit einer zweiten Person, einem unbekannten Menschen. Ein Brief in einem geheimen Briefkasten.
Und obwohl sie diese Zweisamkeit von sich schieben wollte, fühlte sie sich gut an.
Wie ein geheimer Freund, mit dem sie einen unsichtbaren Bund einging.

Sie kam zu spät zur Schule, natürlich kam sie das.
Schließlich hatte sie am Bach länger verweilt, als sie eingerechnet hatte. Sie hatte ihren eigenen Plan durchkreuzt.
Ungewöhnlich.

Normalerweise plante Line bereits stunden-, manchmal tagelang, wie sie ihre Zeit einteilte, was sie aß und um welche punktgenaue Uhrzeit sie ins Bett ging.
Zwanghaft, hatte die Therapeutin gesagt, bei der sie ein einziges Mal gewesen war, ehe ihr Vater eine Therapie gegen ihre verschiedenen Ängste als Schwachsinn abgetan hatte.
Sicher, hatte Line geantwortet und sich geduckt.
Und jetzt, als es zur Pause klingelte, verspürte sie keine Lust, ihrem Vorsatz, sich ein Brötchen zu kaufen, um sich dann allein in die Pausenhalle zu setzen, zu folgen. Und das, obwohl sie seit gestern Mittag festgelegt hatte, wie sie diese fünfzehn Minuten verbringen wollte.
Als ihr Mathelehrer das Klassenzimmer verließ, blieb Line einfach sitzen, so wie einige ihrer Klassenkameraden das taten, die, die Freunde hatten. Die, die mit ihren Freunden hierblieben.
Das Gemurmel der anderen wurde lauter. Die Gespräche drehten sich um das nächste Wochenende, darum, wer sich bei H&M jetzt schon das Kleid für den Abiball gekauft hatte, und natürlich, dass Nora mit Till Schluss gemacht hatte.
Irgendwann fiel Lines eigener Name und sie horchte auf. Die Worte, die ertönten, taten weh und das wunderte sie. Normalerweise war sie, was Gleichaltrige betraf, bereits so abgestumpft, dass niemand sie verletzen konnte.
Normalerweise.

»Hat sich inzwischen eigentlich irgendwer erbarmt, mit Line zum Ball zu gehen?«, fragte ein Mädchen und ohne sich umzublicken, wusste Line, dass es Nadine war, die hinten auf den Kommoden mit den Fächern saß, einige Bewunderer um sich geschart.
»Du könntest ihr doch deinen Freund ausleihen«, kicherte ein anderes Mädchen und Nadine fiel in das Lachen mit ein. »Als ob Anton es ertragen würde, den Abend mit der hässlichsten Pute des ganzen Jahrgangs zu verbringen. Habt ihr gesehen, was die heute wieder anhat? Wahrscheinlich hat sie den Pulli selbst gestrickt und dabei vergessen, ihre Brille aufzusetzen.« Alle lachten und Line hörte, dass auch einige männliche Stimmen dabei waren.
Bitte nicht Bastian, dachte sie und spürte, dass ihre Wangen glühten. Ihre Finger bebten leise und trommelten unruhig auf ihrem Tisch in der ersten Reihe herum. Sie saß hier allein, mit dem Rücken zur Klasse. So musste sie, bis auf den Lehrer, niemanden sehen. Und niemand sah sie.
Auch jetzt hatten die anderen sie nicht bemerkt.
Sie hörte, wie ein Junge raunte: »Jetzt reicht's aber auch mal. Sie hat es sicher nicht leicht«, doch sie war sich nicht sicher, ob es Bastian war, der da sprach.
Er war der einzige Junge, der sie je interessiert hatte. Er war groß, dunkelhaarig und natürlich war er Nadines bester Freund. Und der Einzige aus der Klasse, der sie noch nie beleidigt hatte.

Wahrscheinlich mochten Bastian deshalb alle: Er war nett – zu jedem. Und zu Line war er wenigstens nicht gemein, was Freundlichkeit ziemlich nahe kam.
»Vielleicht strickt sie ihr Kleid ja auch selbst!«, prustete Nadine und Line hörte, wie sie von einer Möhre abbiss. Hoffentlich war Bastian nicht dabei! Es wäre so unangenehm, wenn er diese gemeinen Worte hören würde.
Sie drehte den Kopf, ganz langsam und lugte über den Rand ihrer Brille.
Nadine saß hinten in der Klasse und neben ihr ihre beiden Freundinnen und Bastian mit zwei anderen Jungen.
Bastians Blick schweifte im selben Moment durch die Klasse, und als sich ihre Augen begegneten, riss er die seinen kurz auf und stieß Nadine an, die sofort ihr Reden unterbrach.
Hastig senkte Line den Kopf und betrachtete die weiße Tischplatte.
Schon wieder kochte es in ihr. Scham. Peinlichkeit.
Und eine kleine Prise Wut.
Auf jeden Fall Gefühle. Sie war sich nicht sicher, ob sie gut fand, dass sie heute fühlen konnte. Nur wegen der kleinen Worte auf dem Zettel. Es könnte schon längst vorbei sein, sie wäre nicht mehr hier und hätte niemanden ertragen müssen. Wieso tat sie sich diese Schmach weiter an? Wirklich wegen des kleinen Briefes heute Morgen, hatte dieser Zettel ihren lang gefassten Entschluss so sehr ins Wanken gebracht?

Bleib! Ein zu einfaches Wort, um schnell schwach zu werden.

Die Glocke klingelte, die Pause war vorbei. Die Klasse füllte sich erneut und alle setzten sich auf ihre Plätze zurück.

Jeder dorthin, wohin er gehörte.

Noch 14 Tage

»Erflehe nichts: Aus vorbestimmtem Los vermag kein Sterblicher sich zu befreien.« Sophokles, Antigone.
Das ist das, was das Orakel sagt. Wie kommst du also darauf, dass mein vorbestimmtes Los das Leben hier bei meiner Familie, meiner Schule, in meinem Zimmer und nicht allein irgendwo anders ist?
Gerade heute habe ich wieder gemerkt, dass Menschen nicht dazu gemacht sind, andere Menschen zu mögen.
Mich zu mögen.
Also, nenn mir einen Grund, wieso ich weiter bei diesen Menschen bleiben sollte.

Er hatte es nicht lassen können. Zu groß war der Nervenkitzel gewesen, zu groß die Spannung und fast auch der Wunsch, dass sein Zettel weg sein würde. Und stattdessen ein neuer dalag.
Gleich nach der Schule war er mit dem Fahrrad zu dem kleinen Bach gefahren, hatte an die trockene Stelle unter den umspülten Steinen gegriffen und die Hand fest um das Stück Papier geschlossen.

Sein eigenes?
Nein.
Diese feine Schrift gehörte nicht zu ihm. Filigran und irgendwie weiblich.
Es war die Schrift der anderen Person.
Allein dafür schon dankte er Gott. Wenn diese Person noch Zettel verstecken konnte, dann war sie noch nicht überstürzt abgehauen, wie angekündigt. Auch jetzt noch?
Zumindest klang der Brief, der von Feuchtigkeit gewellt auf seinem Schreibtisch lag, nicht danach, als sei sein Verfasser vom Bleiben überzeugt. Aber immerhin stutzte er. Oder sie. Anton war sich unsicher, wieso es ihm so wichtig war, dass dieser Mensch sein bisheriges Leben nicht ohne Weiteres wegwarf. Vielleicht weil er selbst wusste, dass es bei schwerwiegenden Entscheidungen oft kein Zurück gab. Dass die Konsequenzen unberechenbar waren. Besonders wenn man offenbar so jung war, bei der Familie lebte und zur Schule ging.
Was war das bloß für ein Orakel, von dem auf beiden Zetteln die Rede war?
Wenn er raten müsste, würde er beinahe auf Schullektüren oder andere alte Werke tippen … schließlich stammten beide Zitate aus Büchern, die auch in seinem Bücherregal als Reclam-Heftchen aufgereiht standen. Natürlich nur für den Unterricht, freiwillig wäre er nie auf den Gedanken gekommen, sie zu lesen. Wenn er es überhaupt einmal tat.

Er legte den Brief beiseite. Er würde darauf antworten, später.
Wer war diese Person, die so wenig an ihrem Leben hier hing? Wieso wollte sie alles hinter sich lassen ohne zu wissen, wie es weitergehen konnte?
Und wieso schrieb sie diese Zettel?
Er wusste, er würde darauf keine Antwort bekommen, solange er nicht herausfand, wer es war.
Seine Neugierde war jedenfalls geweckt.
Ein zaghaftes Klopfen durchzog die Stille seines kleinen Zimmers, vollgestellt mit seinen Fußballtrophäen und Urkunden, die er mit seiner Mannschaft bei zahlreichen Turnieren gewonnen hatte.
Anton drehte sich auf seinem Schreibtischstuhl herum und betrachtete die Tür, die sich langsam einen Spaltbreit öffnete.
Ein blasses Gesicht erschien, blondes Haar, das sich wie helle Algen um die eingefallenen Wangen schmiegte.
Er senkte den Blick.
Konnte das knochige Gesicht seiner Schwester fast nicht mehr ertragen. Die großen blauen Augen, die graue Haut, das dünn gewordene Haar.
»Es gibt Essen«, wisperte sie und zog die Tür schnell wieder hinter sich zu.
Anton erhob sich.
Eine Tortur stand bevor.

»Na, ihr Lieben, wie war's denn heute in der Schule?«, versuchte sein Vater betont fröhlich die Familie zu erheitern. Sie saßen in dem gemütlichen Wohnzimmer rund um den quadratischen Esstisch, während seine Mutter die dampfenden Schüsseln auftrug, das Kopftuch vom Anbraten noch auf der blondierten Frisur.
»Gut«, gab Anton zurück und setzte sich neben Vera, die stumm auf ihren weißen Teller starrte. »Wir haben die Matheklausur zurückbekommen und ich habe 12 Punkte geschrieben.«
»Ist ja toll! Und das so kurz vorm Abitur! Unser Sohn, neunzehn Jahre lang ein voller Erfolg!«, rief sein Vater überschwänglich und klopfte ihm stolz auf die Schulter, doch Anton zuckte vor der aufgesetzten Bewegung zurück, ein Reflex.
Sein Vater bemerkte das nicht und wandte sich gut gelaunt seiner Tochter zu. »Und bei dir Vera? Wie war's? Alles gut?«
Alles gut.
Anton grinste kurz verächtlich. Als ob bei Vera jemals alles gut war.
Als ob man normal mit ihr reden könnte.
Als ob es normal war, dass ein vierzehn Jahre altes Mädchen von ihrem Hausarzt nur drei Stunden Schule am Tag erlaubt bekam, damit sie ihren Körper nicht überanstrengte.
Als ob.
»Ja«, piepste sie und verschränkte ihre knochigen Hände

ineinander. Die Finger, die früher stundenlang die Saiten ihrer Gitarre gezupft hatten, bis Anton genervt gegen ihre Tür geklopft hatte. Manchmal hatte sie auch gesungen, laut und aus voller Kehle und damit das ganze Haus in Atem gehalten. Hatte bei den Mahlzeiten gekleckert, wenn sie mal wieder zu schnell aß und Fußspuren mit ihren schmutzigen Schuhen auf dem Teppich hinterlassen. Hatte die Katze liebevoll gestreichelt, falls der Vater ihr mal wieder einen Tritt versetzte, nachdem das Tier die Krallen an den teuren Möbeln gewetzt hatte. Der Glanz war aus ihren Augen gewichen, Augen, die sich nun beim Anblick des Mittagessens fast leidend verzogen.

»Guten Appetit!«, rief jetzt seine Mutter Marianne, die die letzte Schüssel auf dem Holztisch abgestellt hatte. Sie täuschte großen Appetit vor, um Vera zu motivieren, und schaufelte sich den Teller voll. Sein Vater tat es ihr nach und verzog beim Anblick der Mahlzeit verzückt die Augenbrauen.

»Schau nur, Vera, wie köstlich das dampft!«, rief er und reichte die Schüsseln an seine Tochter weiter.

Alle Blicke richteten sich erwartungsvoll auf das Mädchen.

»Jetzt lasst doch!«, rief Anton seinen Eltern zu, die mit Geierblick zusahen, wie Vera mit zittrigen Händen Erbsen auf ihren Teller häufte. Er konnte dieses Gegaffe nicht mehr ertragen, wahrscheinlich fast so wenig wie Vera selbst.

Vera weinte.

Sie hatte keine Tränen in den Augen, aber Anton sah, wie sie die Kiefer aufeinanderpresste, sodass die Wangenmuskeln aus ihrem schmalen Gesicht hervortraten. Dann begann sie zu essen.

Pickte eine Erbse auf und kaute Ewigkeiten darauf herum. Tupfte das kleine Stück Fleisch mit der Serviette ab und schob es sich in den Mund. Schluckte. Wie in Zeitlupe.

»Ich hab keinen Hunger mehr«, piepste sie dann und stand auf.

Ließ den vollen Teller zurück. Ließ die Familie zurück und einen leeren Stuhl. Es blieb still.

Im ersten Moment. Dann begann die Mutter leise zu weinen, der Vater schmiss sein Besteck auf die blaue Tischdecke. Er klopfte nervös auf dem Tisch herum und rieb sich über das Gesicht.

»Jetzt hör doch auf zu flennen!«, rief er und strich sich dabei hektisch über das lichter werdende Haar. Dann stand er auf, griff fahrig in das oberste Fach des Bücherregals und nahm sich eine Zigarette.

Zündete sie an, rauchte. »Von deinem Gejaule wird's doch auch nicht besser.« Hektisch stieß er den Qualm aus und saugte an der Zigarette wie ein verhungerndes Baby an einer Flasche.

»Klar, Friedhelm, und dein Qualmen bringt sie weiter, oder was?!«

»Nee, aber vielleicht eine richtige Therapie!«

Seine Frau lief rot an. »Du weißt genau, dass ich das nicht will. Ich bin eine gute Mutter, so etwas braucht meine Tochter nicht!«

»Dann schau sie dir genau an und sag das noch mal!«

»Du hast ja keine Ahnung, was das für einen Eindruck machen würde! Ich bin schließlich Ärztin!«

»Glaub mir, Vera macht inzwischen Eindruck genug, das kannst du gar nicht mehr verhindern, *gerade* du als Ärztin.«

Anton stand leise auf. Er würde sie alle so gern trösten, doch er wusste, dass keines seiner Worte sie jetzt erreichen konnte, nichts was er tat, würde helfen. Und das Schlimmste war, dass er das wusste.

»Jetzt hör endlich auf!«, brüllte Friedhelm und griff grob Mariannes Arm, um sie zu schütteln.

»Stopp!«, rief Anton und sprang zu ihnen, wollte die Finger seines Vaters lösen. Sofort ließ dieser los und blieb keuchend vor seiner Frau stehen.

»Marianne«, flüsterte er und sank auf dem Stuhl neben ihr nieder, dem Stuhl, auf dem eben noch Vera, dürr wie ein Zweig, gesessen hatte. »Verzeih mir, das wollte ich nicht.« Er küsste die Hand seiner Frau, die schlaff in der seinen lag. »Verzeih mir. Ich bin einfach mit den Nerven am Ende.«

Anton ertrug es nicht mehr.

Seine Eltern.

Vera.

Er griff seinen Teller und verließ fluchtartig den Raum.

Im Flur stand Vera, die in der viel zu großen Regenjacke beinahe ertrank. Früher hatte sie eng gesessen. Ihre Streichholzbeinchen steckten in dicken Stiefeln und sie hatte die Hundeleine bereits in der Hand.

»Der Hund muss raus«, piepste sie beinahe entschuldigend und so, als ob sie nicht bereits vor einer Stunde einen langen Marsch mit ihm gemacht hatte. Sie zog sich zwei Paar Handschuhe über ihre vor Kälte blauen Finger.

Wie unsichtbar sie geworden war. Das fröhliche, laute Mädchen. Nur noch ein Hauch ihrer Selbst. Nichts mehr übrig von der ursprünglichen Vera.

Anton schüttelte den Kopf und drückte sich an ihr vorbei, dazu gehörte nicht viel.

Er hatte das Bedürfnis, sich zu bewegen. Zu reden. Aber mit wem? Mit Nadine bestimmt nicht. Früher, da hatten sie mehr geredet, aber jetzt hatte sie so viel mit dem Abiball zu tun, da fehlte einfach die Zeit für lange Gespräche. Und seine Freunde wussten nichts über die Krankheit seiner Schwester oder die angespannte Situation zu Hause. Für sie gab es nur Anton, den Fußballhelden, den netten Kerl, den hübschen Jungen, den lustigen Kumpel, Nadines Freund.

Aber nicht Anton. Einfach nur Anton.

Dann kam ihm eine Idee, ganz spontan. Wer weiß, wenn diese unbekannte Person Hilfe im Briefeschreiben fand, wieso nicht auch er?

Einen Versuch zumindest war es wert.

Schnell raste er in sein Zimmer, griff nach einem Zettel und verfasste seinen zweiten Brief. Dann zog er sich Sportsachen an und holte seine Laufschuhe.

Kaum war er draußen, spürte er den Gegenwind. Fast ein kleiner Sturm, der ihm Blätter, Staub und Plastiktüten entgegenblies. Aber nicht stark genug, als dass er ihn vom Joggen abhalten würde.

Mit dem Brief in der Hand lief er los, vorbei an den anderen Häusern, an blattleeren Bäumen in Richtung Park, in Richtung Bach, hin zu dem Platz.

Dem Platz von ihm und Nadine.

Und ein wenig der geheime Briefkasten von ihm und jemandem, den er nicht kannte, jemandem, der verrückt war, jemandem, der gerettet werden wollte.

Immer gegen den Wind.

Noch 13 Tage

Ich soll dir einen Grund zum Bleiben nennen?
Ganz einfach: Mut. Sei mutig, denn nur dann kannst du dir weiter selbst in die Augen blicken. Wenn du wegläufst, ist dein bisheriges Leben vorbei. Nicht nur für dich, auch für alle um dich herum, die dich vermissen und dich in ihrem Herzen haben. Daran musst du denken.
Seit meine Schwester krank ist, habe ich sie nicht mehr glücklich gesehen. Habe ich meine Eltern nicht mehr glücklich gesehen. Und trotzdem machen alle weiter.
Weil es feige wäre, sich wegen einem Tiefpunkt davonzuschleichen.
Wie alt bist du?
Wer bist du?
Du hast doch Lebenskraft, sonst hättest du deinen Plan längst in die Tat umgesetzt. Glaub mir, ich verstehe das Gefühl der Hilflosigkeit. Wenn ich mit meiner Familie zusammen bin, geht es mir immer so. Immer.
Und trotzdem muss ich deine Aussage umdrehen: Menschen sind dafür da, andere zu mögen. Und irgendwer mag garantiert auch dich!
Also sei nicht feige und stell dich deinem Problem, anstatt dich zu ergeben.

Diesmal hatte Line gewartet, bis sie zu Hause war, ehe sie den Zettel auseinandergefaltet und gelesen hatte. Und jetzt, als sie ihn las, stieg beinahe so etwas wie Wut in ihr auf.
Was dachte der andere sich?
Kannte er sie?
Kannte er ihr Leben?
Wie konnte er behaupten, dass sie feige sei, er wusste nicht, wie schrecklich es in der Schule war, ohne Freunde.
Wie furchtbar zu Hause. Immer diese stete Angst darum, dass ihrer kleinen Schwester etwas passierte. Oder dass ihr Vater ihre Mutter schlecht behandelte.
Der Zettelschreiber war sicher nie von den anderen ohne Anziehsachen nach dem Schwimmunterricht zurückgelassen worden. Wurde sicher nie zu einer Verabredung eingeladen, zu der dann außer ihr niemand erschien. War sicher nie vor dem Jungen, den man mochte, lächerlich gemacht worden.
Jede dieser einzelnen Taten hatte so wehgetan.
Niemand konnte diesen Schmerz teilen, absolut niemand. Und schon gar nicht verstand sie diese fremde Person, die sich erdreistete über sie zu urteilen, ohne sie zu kennen.
Line schnaubte.
Feige.
Sie sprang auf, als könne sie ihre Wut nicht zusammengekauert auf dem Bett ertragen, sie musste sich entla-

den, irgendwie. Was hatte sie eigentlich von dem unbekannten Briefeschreiber erwartet?

Nur weil sie wieder fühlen konnte? Nur weil jetzt, seit sie den Gedanken an die Flucht ein wenig beiseitegeschoben hatte, der Schmerz wieder größer war als seit Langem? Nur weil sie meinte, da sei jemand, jemand, der vielleicht ein wenig auf sie aufpasste?

Sie hätte auf ihr Orakel hören sollen, auf das erste. Hätte ihren Entschluss einfach durchziehen müssen, ohne sich abbringen zu lassen. Auch wenn sie keine Idee hatte, wo sie hingegangen wäre. Hauptsache weg!

Noch immer verspürte sie ein wenig von dem Glücksgefühl, wenn sie daran dachte, abzuhauen, aber es blieb schwach und vermochte nicht mehr, ihr die Sicherheit zu vermitteln wie noch vor wenigen Tagen. Gestern, als sie das Orakel befragt hatte, war da die komische Aussage aus dem Drama *Antigone* gewesen.

Wieso machten es ihr die Reclam-Heftchen so schwer? Schließlich hatte sie es vorgestern in der Schule erneut gemerkt. Kaum war sie von ihrem Plan abgewichen, hatte sie hören müssen, wie die anderen Mädchen über sie redeten. Weil sie sie nicht sahen. Oder weil sie sie sahen.

Was wusste sie schon?

Line setzte sich hin und schlug mit Wucht ihr Mathebuch auf. Normalerweise beruhigte es sie, sich ganz in die Hausaufgaben zu vertiefen, ganz der Mathematik zu verfallen. Aber heute klappte es nicht. Ärgerlich schob sie ihre Brille zurecht und blinzelte. Sie konnte sich nicht konzentrieren.

Feige.

Diese Person würde schon sehen, wie feige Line war.

In heftiger Erregung, die sie sich selbst nicht zugetraut hatte, griff sie nach dem erstbesten gelben Heftchen, das sie in die Finger bekam.

Goethe, *Faust*.

»*Was seh ich, welch ein himmlisches Bild zeigt sich in diesem Zauberspiegel?*«

Was sollte das nun wieder heißen?

Line stellte sich vor den kleinen runden Spiegel, den sie neben ihr Bücherregal gehängt hatte. Eigentlich war er da nur, damit sie sich vor ihm verstecken konnte. Doch jetzt blickte sie sich an, schaute sich selbst kerzengerade in die Augen. Sie waren grün, grasgrün. Ihre dicken Brillengläser verdeckten sie, doch hinter dem schulterlangen Haar verschwanden sie noch viel mehr.

Diese Haare, ihr Versteck.

Einen Moment lang stand sie dort und hielt ihren eigenen Anblick aus. Hübsch war sie nicht. Aber eigentlich auch nicht hässlich. Ihre Frisur war strähnig, der Pony viel zu lang, aber ihre Nase war klein und gerade, ihre Augen schön, ihre Lippen nur eine Spur zu schmal.

Dann griff sie nach ihrem Federmäppchen und zog ihre Schere heraus. Langsam, als sei sie sich selbst noch nicht ganz sicher, legte sie die beiden silbernen Klingen um die erste Strähne ihres Haars. Sie presste ihre Finger

in den Schlaufen der Schneiden aneinander. Ein leises Ratschen ertönte und ein beinahe körperlicher Schmerz durchfuhr sie, doch sie genoss das Gefühl.
Feige, als ob!
Die dunkle Strähne fiel zu Boden und blieb reglos dort liegen.
Die erste von vielen.

Erst als Line sich am Abend runter in die Küche schlich, merkte sie, was sie getan hatte.
»Wie siehst du denn aus?«, polterte ihr Vater und nahm einen tiefen Zug aus seiner Bierflasche. »Ist dir die Schere ausgerutscht?!«
Line duckte sich.
»Nein«, flüsterte sie und stellte sich rasch zu ihrer Mutter, um ihr beim Tischdecken zu helfen. Sie hätte es lassen sollen. Ihre Hand fuhr hoch an ihren Kopf. Die Ohren froren nun beinahe unter den kurzen Haaren und Line wünschte sich nichts sehnlicher als ihren Vorhang zurück, der immer so gut verborgen hatte, was sie nicht sehen mochte.
Olga sah ängstlich ihren Mann an.
»Musste das sein?«, zischte sie ihrer Tochter zu, dann rieb sie hektisch über die Küchenfläche, obwohl die braunen Platten bereits glänzten. Ihre schmalen Finger strichen über den steinernen Grund und sie sortierte

unruhig einige Salzfässchen von der einen zur anderen Seite des Herdes.

Line traten Tränen in die Augen. Was hatte sie sich bloß dabei gedacht? Erst war es eine Form herrlichen Schmerzes gewesen, den sie bei jeder abgeschnittenen Strähne empfunden hatte, dann ein Gefühl von Befreiung. Ihre Haare waren jetzt nicht ganz so kurz wie die vieler Jungen, aber sie reichten nur noch knapp bis zu den Ohren. Der Pony verdeckte ihre Augen nicht mehr. Jens rülpste und öffnete das Hemd. Sein Gesicht war unrasiert und das, obwohl im Büro normalerweise ein gepflegtes Äußeres erwünscht war, wie er immer fluchend zitierte, wenn er sich mal wieder mit seinem Rasierapparat in die Wange geschnitten hatte. Und sich darüber beschwerte, dass er eigentlich auch einen besseren Job haben könnte, hätte er bloß studieren können. »Gleich Montag fährst du in die Stadt zum Friseur und lässt das in Ordnung bringen. Morgen ist ja dummerweise erst mal Sonntag.« Er hob die Hand. »Und dafür muss ich jetzt auch noch Geld zahlen. Du hast sie ja wohl nicht mehr alle!«

Er knallte die Flasche auf die harte Ablage, ihre Mutter zuckte zusammen und drückte sich gegen den Herd.

»Als ob ich nicht genug für euch Bälger ausgebe.«

Ärgerlich deutete er auf Anna, die zusammengekauert auf einem der Holzstühle saß und bereits den dritten Schokoladenriegel in sich hineinstopfte. »Dein Gefresse ertrage ich auch nicht mehr«, rief er laut und riss dem

49

Mädchen die Verpackung aus der Hand. Anna duckte sich ängstlich und klammerte sich mit den schokoladenverschmierten Fingern an der abgenutzten Stuhllehne fest. Ihr dickes Gesicht blickte sich Hilfe suchend nach Olga um, doch die senkte die Augen.
Wie gegensätzlich ihre Eltern waren, er so laut und sie so still.
»Meinst du etwa, die Schokolade kostet nichts?« Die Bierflasche war leer und er griff nach der nächsten. Er leerte sie in zwei Zügen, während Line nicht wusste, wohin sie in der engen Küche blicken sollte. Schon wieder war alles beklemmend, schon wieder war alles wie immer, wenn ihr Vater nach einem langen Arbeitstag aus dem Büro zurückkehrte.
Frustriert, verärgert und mit den Nerven am Ende.
»Ich ruf Bernd an. Ich esse jetzt 'ne Currywurst mit ihm und geh dann mit den Jungs bowlen.« Er drehte sich weg von seiner Familie und griff schon nach dem Telefonhörer.
»Ist gut, Schatz«, stammelte ihre Mutter, ohne ihren Mann anzusehen, »mach dir einen schönen Abend.«
Und Line sah, wie ihre verkrampften Schultern sich bei dem Gedanken, dass er die nächsten Stunden woanders verbringen würde, senkten, sich die Finger in der Küchenschürze lösten und sie ein wenig ausatmete, die Hand mit schuldbewusster Miene auf dem Bauch. Sie würde es sich nie verzeihen, sosehr sie ihre Kinder auch liebte.

Jetzt strich sich Jens noch einmal das Hemd glatt, schob die leere Bierflasche von sich und griff nach seiner Jacke, die er beim Heimkommen lediglich über einen Stuhl geworfen hatte. Anna lehnte sich instinktiv zurück, als er sich nach unten beugte.
»Ich bin dann mal weg«, rief er und einen Moment später knallte die Tür. Die Schritte vor dem Haus verhallten, doch niemand sah durchs Fenster auf die regennasse Straße hinaus.
»Zum Glück«, sagte Anna nach einer Weile und endlich grinste sie wieder. Ihre kleinen Augen leuchteten, wie sie es nur selten taten. Und Line wusste warum: Ihnen war ein Abend geschenkt worden. Bei diesem Lächeln wurde ihr Herz ein wenig weich. Nein, Anna, ihre kleine blonde Anna, ihre einzige Schwester konnte sie wirklich nicht verlassen, wollte sie nicht verlassen. Und doch spielte sie noch immer mit dem Gedanken. Auch jetzt hatte sie die beiden einzigen Menschen, die sie liebte, nicht schützen können.
»Ja, Anna …«, murmelte ihre Mutter und schlug sich dann direkt die Hand vor den Mund. Sie war eine gute Ehefrau. So etwas durfte sie nicht denken.
»Wollt ihr nachher vielleicht eine lustige DVD gucken?«, fragte sie ihre Töchter rasch und lächelte zaghaft, bat ihre Mädchen aus viel zu müden Augen um Verzeihung.
»Au ja«, rief Anna und raste auf ihren dicken Beinchen aus der Küche, um im Wohnzimmer schon nach einem Film zu suchen.

Normalerweise hätte Line nur genickt und sich hinter ihrem Vorhang verborgen. Doch das ging nicht. Nicht mehr. Ihr Vorhang war weg.

Deshalb sah sie Olga in die Augen, in die unruhigen Augen, die selbst nicht wussten, wohin sie blicken sollten.

»Warum?«, fragte sie dann und die oft so verhärmt wirkende Frau strich sich unsicher durch die braunen Locken. Sie wusste selbst, dass ihre Tochter nicht die Idee mit der DVD meinte.

»Weil …«, sie rang nach Worten und Tränen stiegen in ihren Augen auf, »weil … ich feige bin. Und weil ich nicht weiß, wie es anders geht.«

Feige.

Olga begann jetzt zu schluchzen und Line ging zu ihr, um sie zu halten, sie zu stützen, wie es schon immer ihre Aufgabe gewesen war. Klein lag die Frau in ihren Armen.

»Ich will Cinderella sehen!«, quietschte es aus dem Wohnzimmer. Aschenputtel.

Und in dem Moment wurde Line eines bewusst: So feige wie ihre Mutter, gefangen in einem Leben als Aschenputtel wollte sie selbst nicht enden.

Noch 12 Tage

Na gut.
Vielleicht hast du recht.
Vielleicht wäre es wirklich feige, aus dem Haus zu schleichen und zu hoffen, dass niemand mich findet. Zu gehen, ohne zu versuchen, es besser zu machen. Oder, wie mein Orakel mit Lessings Worten heute Morgen zu mir sagte: »Eine Rose gebrochen, ehe der Sturm sie entblättert.«
Nun ja.
Ich habe mich jetzt entschieden, nicht diese gebrochene Rose zu sein.
Wer ich bin, fragst du? Was meinst du damit? Meinen Namen? Meinen Intellekt? Meine Konfektionsgröße?
Ich bin ein Mädchen. Ich bin eine Versteckte. Ich bin unsichtbar. Jemand, den niemand mag, auch wenn du das Gegenteil behauptest. In der Schule nicht.
Vielleicht mag mich meine kleine Schwester. Und meine Mutter, auch wenn ich ihr Unglück bin. Eigentlich.
Reicht das?
Aber ich habe auch eine Frage: Was macht dir deine Familie so unbequem? Was macht dir dein Leben so unbequem?

»Bastian, hey, Alter«, rief Anton laut und streckte seinem Kumpel die Hand entgegen, während er den neuen Brief hastig zusammenknüllte und in seine Trainingsjacke stopfte. Sein Freund schlug ein und ließ sich neben ihm auf dem Sitz der Straßenbahn nieder.
»Wie geht's?«, fragte Bastian und grinste breit. Sein schwarzes Haar stand wie immer weit von seinem Kopf ab und die positive Stimmung, die zu jeder Zeit von ihm auszugehen schien, war ansteckend. Deshalb mochte Anton ihn auch so gern.
»Alles klar«, antwortete er und schob seine Sporttasche beiseite, damit Bastian seine langen Beine in der engen Reihe unterbringen konnte. Die Bahn fuhr eine scharfe Kurve und die Jungen wurden auf den abgewetzten Sitzen zur Seite gedrückt. Quietschend lehnte sich der Waggon nach rechts.
»Ist schon ein bisschen stressig mit der Schule, dem Training und allem, aber es geht schon.« Betont lässig stemmte er sich mit dem Fuß gegen die Rückseite der Bank vor ihm.
Bastian nickte verständnisvoll. »Kenn ich«, meinte er dann: »Ich komme auch zu nichts mehr. Aber du hast ja immer noch Nadine.« Er blickte seinen Kumpel an.
Was sollte Anton darauf antworten? Hatte er sich den fragenden Unterton in Bastians Stimme nur eingebildet? Schließlich war Bastian Nadines bester Freund und das schon seit der Grundschule.
Er kratzte sich am blonden Kopf. »Ja ...«, begann er

unsicher, doch dann setzte er ein breites Grinsen auf. »Ja, ich hab echt Glück«, sagte er und nickte zur Bekräftigung. »Sie ist ein wahnsinnig tolles Mädchen!«
Bastian fiel in sein Lächeln mit ein und Anton schalt sich selbst, dass er ausgerechnet bei Bastian einen Hintergedanken vermutet hatte.
Bastian doch nicht!
»Ich bin so froh, sie zu haben«, setzte er noch eins drauf, um auch alle Zweifel, die sein Gegenüber haben könnte, zu beseitigen. Er wollte nicht mit Bastian über Nadine sprechen, wollte nicht, dass ihr bester Freund erfuhr, wie schwierig es mit ihr sein konnte.
Bastian lachte laut auf. »Das kannst du auch!«, rief er so laut, dass sich eine alte Dame missbilligend zu ihnen umdrehte und demonstrativ ihren Hund näher zu sich zog.
»Nadine ist wirklich ein besonderes Mädchen. Ich weiß ja selbst, sie kann manchmal ein wenig fies zu anderen sein. Hast du mitbekommen, wie sie laut über Line gelästert hat, als die im Raum war? Das war echt nicht okay! Aber meistens ist sie klasse.«
Anton blinzelte überrascht. Line war ein Mädchen aus seinem Mathekurs und bestimmt keine Sorte Mensch, mit der er jemals ein Wort wechseln würde. Wieso sollte Nadine also nicht über die Außenseiterin lästern? Taten doch alle.
Er zuckte nur mit den Schultern und Bastian ging nicht weiter darauf ein, sondern spielte an seiner Sporttasche herum.

»Na ja, jedenfalls bin ich echt froh, dass sie mit *dir* zusammen ist, Anton. Weißt du, ich denke, sie macht sich Sorgen um eure Beziehung. Sie hat da neulich mal etwas erwähnt.«

Bastians Tonfall war nun ernster geworden und er hob fragend die Augenbrauen. Anton hatte das Gefühl, sein Freund erwarte darauf eine Antwort, die das unbequeme Schweigen unterbrach. Er verknotete die Hände ineinander und betrachtete das abgewetzte Polster, während sich die Straßenbahn nun langsam in die andere Richtung neigte.

»Nein, alles bestens«, sagte er schnell und winkte ab. »Klar, wir haben beide etwas Stress in der Schule, aber sonst geht alles klar!« Er blickte nach draußen, doch dort war es bereits dunkel und im Fensterglas spiegelte sich sein eigenes Gesicht, umrahmt vom kurzen blonden Haar. Schnell zerzauste er es, Anton mochte es lieber, wenn die Frisur ein wenig verwegen abstand.

Ein gesundes Maß an Unordnung eben.

»Gut«, sagte Bastian und sah ehrlich erleichtert aus. »Ich könnte es nicht ertragen, wenn sie leiden muss. Ich meine, in der Grundschule hatte sie es nicht leicht. Da war ich ihr einziger Freund und ich will nicht, dass sie noch mal so eine schreckliche Zeit durchleben muss wie damals.«

Anton schluckte. Wie kam Bastian darauf, dass er Nadine schlecht behandeln könnte? Zähmen womöglich? Doch er sagte nichts, wollte nicht, dass Bastian weiter darüber nachdachte. Nadine hatte es geschafft, zu einem der beliebtesten Mädchen der Schule aufzusteigen und über die Zeit, in der sie selbst eine Außenseiterin gewesen war, sprach sie nicht. Und er würde es nicht wagen, es zu erwähnen! Die Grundschule war seit vielen Jahren vorbei und außer Bastian kannte Nadine niemand aus dieser Zeit.

»Nein, wir genießen jeden Moment miteinander«, versicherte Anton deshalb und lachte innerlich beinahe verbittert über diese Heuchelei. Bastian nickte wieder. »Das freut mich!« Er drückte auf den roten Knopf neben dem Fahrkartenautomaten. An der nächsten Haltestelle würden sie aussteigen müssen.

Trotz des bereits späten Herbstes fand das Fußballtraining noch immer im Freien statt und das, obwohl der Grasboden vom Regenwasser oftmals so aufgeweicht war, dass man aufpassen musste, beim Rennen nicht im dicken Schlamm auszurutschen.

»Ich glaube, du solltest sie ein bisschen unterstützen«, schlug Bastian vor und das Lächeln in seinem Gesicht wirkte aufrichtig und hilfsbereit. »Sie hat im Moment wirklich viel mit der Organisation des Abiballs zu tun.« Anton nickte und zwinkerte. »Klar«, erwiderte er und klopfte Bastian kumpelhaft auf die Schulter. »Es gibt doch nichts, was ich für meine Prinzessin nicht tue!« Dann griff er nach dem Reißverschluss seiner Trainingsjacke und zog ihn bis zum Hals nach oben. Es würde gleich kalt werden.

Der Lautsprecher plärrte den Namen der Endhaltestelle und die gelben Türen schoben sich auf, gaben den Weg in die Dunkelheit frei.
»Auf geht's!«, rief Bastian und joggte aus der Bahn, um sich schon auf dem Hinweg aufzuwärmen.
Anton drückte sich vom durchgesessenen Polster hoch, hängte sich den Riemen der Tasche über die Schulter und folgte ihm in den Regen hinaus.
Zum ersten Mal fiel ihm auf, wie selbstverständlich er log. Immer und überall.
Und ein Satz des neuen Briefes, den er noch rasch vor dem Training am Bach geholt hatte, ließ sich nicht aus seinem Kopf vertreiben, hatte sich darin eingenistet. Es war eine gute Frage, über die er noch nicht hatte nachdenken wollen. Aus dem einfachen Grund, dass sie wirklich unbequem war:
Was macht dir dein Leben so unbequem?

»Jetzt ab unter die Dusche! Und das nächste Mal trainieren wir nicht so gemütlich wie heute!« Die Worte seines Trainers hallten über den vom Flutlicht beleuchteten Fußballplatz.
Der feine Niesel fiel noch immer aus den dichten Wolken und die Dunkelheit hatte sich nun vollends über den Platz gesenkt, sodass die Jungen im grellen Licht der Scheinwerfer unnatürlich blass wirkten. Die Lam-

pen putzten jeden Schatten aus, ihre Haut glänzte regennass. Anton rannte noch immer. Er rannte und rannte nun schon seine dritte Runde um den Platz, dabei hatte der Trainer nur lockeres Auslaufen verlangt.

Doch Anton wollte seinen Körper spüren, wollte morgen Muskelkater haben, um zu fühlen, dass er stark war, dass er Grenzen überwinden konnte.

»Anton!«, gellte der Ruf quer über das Fußballfeld. »Lass gut sein, sonst bist du für das Spiel morgen nicht fit!«

Doch er tat, als habe er die Worte nicht gehört. Er konnte nicht aufhören, musste laufen, laufen, laufen, weglaufen.

»Alter, komm schon!«, rief auch Bastian, der als Letzter im Matsch stand und sich dann umdrehte, um den anderen in das niedrige Gebäude mit den Duschen zu folgen.

»Anton!«, brüllte der Trainer wieder und jetzt konnte er nicht mehr so tun, als sei er taub. Er verfiel in einen langsamen Laufschritt und joggte dann quer über den Platz in Richtung Kabinen. Es war bestimmt schon zehn Uhr. Aber die A-Jugend konnte nicht früher trainieren, schließlich hatten die Profis seines Vereins, immerhin Zweitligisten, eindeutig Vorrang auf die besten Trainingszeiten.

Er war schon fast bei dem mit Waschbeton verkleideten Häuschen angekommen, ein hässlicher Bau aus den Siebzigern, als der Trainer ihn zurückrief. Anton rollte kurz mit den Augen und strich sich durchs Haar, nass von Regen und Schweiß.

Er lief hinüber zu seinem Coach, der den gleichen Trainingsanzug trug wie er selbst. Allerdings mit einem etwa melonengroßen Bauch, über den sich grüner Nylonstoff spannte.

»Anton«, sagte er ruhig und legte dem Jungen die kräftige Hand auf die Schulter. Seine Augen waren so grau wie sein Haar, das feucht und strähnig über der Halbglatze lag. Der weiße Schnurrbart hing ungestutzt und etwas zu lang über seiner Lippe und verlieh ihm das Aussehen eines kleinen Hundes. »Ist alles in Ordnung?« Anton nickte nur knapp, sein Puls raste, sein Herz pochte. Es dauerte einen Moment, ehe seine Atmung eine Antwort zuließ. »Alles okay, Ole«, presste er hervor und bemühte sich, nicht ganz so außer Atem zu wirken, wie er war.

»Weiß du …«, begann Ole und der Tonfall verriet sofort, dass er etwas Vertrauliches sagen wollte. »Du bist gut, mein Junge.«

Anton wartete ab, seine Schultern hoben und senkten sich sichtbar.

»Aber du darfst es nicht übertreiben, sonst machst du dich kaputt. Dann stehst du dir selbst im Weg. Du hast als einer der Wenigen hier das Zeug, in unsere Profimannschaft aufzusteigen. Und das willst du doch, oder?«

Anton nickte, ohne darüber nachzudenken. Natürlich wollte er das, jeder in seiner Mannschaft träumte davon.

In dem Moment, als er mit vier Jahren in den Verein eingetreten war, hatte er dieses Ziel schließlich vor Augen gehabt. Zumindest hatten seine Eltern von jeher davon gesprochen, dass es so gewesen war.
Und er glaubte ihnen.
Der Regen fiel nun kräftiger vom Himmel, kleine Tropfen, die einen feuchten Schweif hinter sich herzogen. Wie nasse Sternschnuppen.
Ole betrachtete den Himmel, dann senkte er noch einmal vertrauensvoll den Blick.
»Ist bei dir zu Hause auch alles im Lot?«, fragte er und Anton durchfuhr es heiß.
»Weißt du, ich habe deine Schwester neulich seit langer Zeit mal wieder gesehen und war richtig erschrocken. Sie hat sich ... sehr verändert. Sie ist dünn geworden, nicht?« Er hob die grauen Augenbrauen.
Anton machte einen Schritt zurück, die Hand auf seiner Schulter rutschte ab. »Nein«, sagte er dann und das Grinsen tat in seinen Wangen beinahe weh.
Wie oft lachte er, obwohl er weinen wollte.
»Bei uns ist alles in bester Ordnung. Und Vera macht im Moment einfach etwas mehr Sport als früher.« Er nickte knapp und wandte sich zum Gehen. »Danke, dass du dir solche Gedanken machst, aber keine Sorge. Das ist nicht nötig.«
Ole nickte ebenfalls, doch er sah nicht überzeugt aus. »Ich will nur, dass es dir gut geht«, meinte er dann und strich sich über den verstrubbelten Schnauzer.

Anton deutete mit dem Daumen hinter sich.

Dann drehte er sich um und lief, flüchtete zu den Duschen.

Wieso war ihm vorher nie aufgefallen, wie viel er log?

»Hey Anton«, rief einer der Jungen ihm zu, als er in die heiße Umkleide trat. Der Dampf der Dusche hüllte den Raum in weichen Nebel und die Ersten kamen bereits mit einem Handtuch um die Hüften aus der kleinen Nebenkammer. »Was wollte der Trainer?«

»Och, nur sagen, dass ich's nicht übertreiben soll«, antwortete Anton schnell und begann, sich das nasse Trikot herunterzureißen, als sei er in großer Eile.

»Ach so«, kam es zurück und beinahe schwang Erleichterung in dem Tonfall mit. »Ich dachte schon, du hättest das Angebot bekommen, bei den Großen zu spielen, wovon Ole letzte Woche erzählt hat.«

Eifersucht und Neid, das war der Grund, wieso der andere ihn gefragt hatte, und Anton war fast ein bisschen enttäuscht. Aber so waren viele in der Mannschaft: Sie gönnten einander nicht jedes Lob, nicht jede Vergünstigung, wie es in einem Team eigentlich sein sollte. Obwohl natürlich alle so taten.

Letzte Woche hatte er gesagt?

Normalerweise wäre jetzt Antons Ehrgeiz geweckt gewesen, selbst derjenige zu sein, der den Aufstieg trotz

des jungen Alters ins Profiteam schaffte. Er war gut, das hatte Ole eben gesagt, aber war er auch der Beste?
Er schüttelte sich den Schmutz von den Beinen und brach sich beim Versuch mit den tauben Fingern die Schnürsenkel zu entknoten einen Fingernagel ab. Fluchend zog er sich vollends aus und griff nach dem Handtuch, um ebenfalls zu den Duschen zu gehen.
Wieso verspürte er nicht das Verlangen, dieser Auserwählte zu sein? Komisch. Sonst ließ ihn sein Ehrgeiz, besonders wenn es um Fußball ging, nicht kalt.
Nie.
Er betrat den Raum und der feuchte Wasserdampf schlug ihm wie eine heiße Welle entgegen.
Er war ein Gewinner.
Das wusste er und das wussten auch die anderen. Und er würde sich jetzt noch viel mehr anstrengen, um ins Profiteam aufzusteigen, auch wenn es sich im Moment nicht richtig anfühlte. Doch er vertraute seinem Kopf. Und der wusste schließlich, dass es sein größter Traum war.
Sein musste.
Nein, definitiv war!
Beinahe ärgerte er sich, dass er Oles Worte dazu gar nicht mitbekommen hatte, sonst wäre er vielleicht überzeugter von dem Gedanken.
Er wollte sich nicht im Weg stehen!
Ein wenig Wut auf sich selbst stieg in ihm auf.
»Anton, hast du schon ein Geschenk für Nadine, das du

ihr zum Ball mitbringst?«, rief irgendwo jemand, doch durch den dichten Nebel konnte er nicht ausmachen, wer es war. »Ich hab nämlich keine Idee. Ich könnte meiner Süßen 'nen Push-up-BH schenken, da hätte ich wenigstens auch was von. Aber das hat deine Nadine ja bei Weitem nicht nötig.«
Die anderen Jungs grölten.
Antons Antwort kam eine Spur zu spät: »Kann ja nicht jeder ein so hübsches Gegenstück verdienen wie ich«, rief er und setzte dabei ein lautes Lachen auf. Jetzt hatte er das Gejohle auf seiner Seite.
Er drückte auf den silbernen Duschkopf. Sofort spritzte ihm das heiße Wasser ins Gesicht und der dicke Strahl massierte seine glühende Haut. Er spürte die Blicke der anderen Jungen auf seinem Körper. Sonst hatte er kein Problem damit. Er mochte seine austrainierten Muskeln, sein breites Kreuz, sogar die zarten Sommersprossen, die seinen Körper bedeckten und ihm etwas Feines, fast Filigranes gaben. Aber jetzt fühlte er sich, als wanderten die Blicke wie übergriffige Fühler über seine Haut und er beeilte sich, fertig zu werden.
Heute war ein ganz seltsamer Tag. Nichts schien richtig, obwohl alles war wie sonst auch.
Falscher Tag.
Neuer Tag.

Noch 11 Tage

Was macht mir mein Leben so unbequem?
Das ist eine gute Frage. Eine sehr gute.
Weißt du, ich glaube, ich war bisher nicht mutig genug, darüber nachzudenken. Denn damit müsste ich zugeben, dass es nicht bequem ist. Und wer will das schon? Wer gibt sich freiwillig die Blöße vor den anderen?
Meine Freunde würden es nicht verstehen. Weder die aus der Schule noch die aus dem Fußballverein.
Es geht darum, gut zu sein, beliebt. Würde ich erzählen, dass meine Schwester nicht isst und meine Eltern sich deswegen permanent anschreien, wer würde sich nicht von mir abwenden?
Niemand gibt sich mit Menschen ab, die Probleme haben. Niemand.
Und weißt du, was mir seit deinem letzten Brief aufgefallen ist?
Wir alle lügen den ganzen Tag. Wir lächeln. Wir lügen. Wir sagen: »Alles bestens.« Wir lügen. Wir reißen Witze. Wir lügen. Und wir sagen zu allem ›Ja‹ und ›Amen‹.
Also, wieso ist mein Leben unbequem? Weil ich lüge?
Weil meine Familie nicht so heil ist, wie sie nach außen hin zu sein scheint?

Weil meine Freundin mich nicht als den sieht, der ich bin? Weil sie den anderen Jungen will, den, der ich vorgebe zu sein? Lieber einen Lügner als mich.

Als Line die Zeilen fertig gelesen hatte, war sie überrascht. In diesem Brief hatte sie bisher mehr über die unbekannte Person erfahren, als aus all den Zetteln, die sie nun regelmäßig jeden zweiten Tag am Ufer des Baches vorgefunden hatte.
Er, denn jetzt wusste sie, dass es ein Junge war, war zum ersten Mal wirklich ehrlich gewesen. Er hatte sich Gedanken darüber gemacht, wie er lebte, was er lebte und er hatte es *ihr*, einer Fremden, mitgeteilt.
Warum?
Sie rückte die Brille in ihrem blassen Gesicht zurecht. Wahrscheinlich aus demselben Grund, wieso sie ihm die Wahrheit schrieb: Weil sie sich nicht kannten. Weil keiner das Leben des anderen teilte. Und sie sich deshalb nicht verurteilten und aus ihrer mühselig aufgebauten Deckung begeben mussten, hinter der sie beide ihren Alltag lebten.
Das Rauschen auf den Schienen kündigte die herannahende Straßenbahn an und Line blickte auf. Das blaue Gefährt schob sich wie eine dicke Raupe die breite Hauptstraße entlang. Rechts und links rauschten Autos vorbei und das Grau des Asphalts schien überall zu sein.

Beim Anblick der Bahn drehte sich Lines Magen um. Auf ihrer Stirn begannen sich kleine Schweißperlen zu bilden und ihr Atem beschleunigte sich, obwohl sie noch einige Meter entfernt war. Schon der Gedanke an die Enge, an die vielen fremden Menschen, die Gerüche und all die Leiber, die sich auf dem beschränkten Platz tummelten, löste bei ihr fast Übelkeit aus. Doch ihr Vater war an diesem Montagmorgen unerbittlich gewesen.
»Schule?« Er hatte gegähnt und sich schlaftrunken die dicken Tränensäcke gerieben, die in der Früh unter seinen kleinen Augen hingen. »Du gehst heute nicht zur Schule. Du fährst zum Friseur und kommst erst nach Hause, wenn du wieder so anständig aussiehst, dass man sich mit dir auf die Straße trauen kann.«
Und dabei war es geblieben. Ihre Mutter war im Bademantel zur Kaffeemaschine gehuscht, um Jens eine heiße Tasse einzuschütten und dann die Brote für seinen Arbeitstag zu schmieren. Gesagt hatte sie nichts, sondern schweigend die Butter und die Fleischwurst verteilt, den Kopf gesenkt, die Augen im Schatten verborgen.
Und nun stand Line hier an der Haltestelle, der rote Anorak saß etwas schief auf ihren Schultern. Die Sonne war noch nicht richtig durchgedrungen und die grauen Wolken lösten allmählich die morgendliche Dämmerung ab.
Ein Suppentag.

Richtig hell würde es nicht mehr werden.
Ihre Ohren froren und eine Mütze hatte sie in der Eile nicht gefunden. Schließlich hatte sie unbedingt den Brief holen wollen, ehe sie sich auf die Tortur der öffentlichen Verkehrsmittel einließ.
Die Bahn hievte sich das letzte Stück heran und hielt dann an, die Türen schoben sich geräuschvoll auf. Alle Menschen neben Line strömten in den ohnehin schon überfüllten Wagen. Sie trat einen Schritt vor, schnellte aber beim Anblick der vielen Schulkinder mit ihren bunten Rucksäcken, die im Inneren leuchteten, sofort wieder zurück.
Sie konnte nicht! Es ging nicht!
Angststörung und Zwangsneurose, war die schnelle Diagnose der Therapeutin gewesen, damals, nachdem Line zum letzten Mal bei einem Klassenausflug dabei war und in der Enge des Busses vollkommen in Panik ausgebrochen war.
Ihre Tochter erträgt diese Enge im öffentlichen Raum nicht. Und sie kann noch schlechter vorausplanen, was geschieht, wenn so viele unbekannte Menschen um sie herum sind.
Das stimmte, damit hatte die freundliche Frau mit der heruntergeschobenen Brille recht gehabt.
Line hasste es, zwischen vielen Fremden eingeschlossen zu sein.
Klaustrophobie, so nannte man das, wie die Therapeutin erklärt hatte. Wieso Line das hatte? Um die Gründe

und auch die Lösung für das Problem zu finden, hätte Line die ihr angebotene Therapie beginnen müssen. Was ihr Vater verhindert hatte.

»Du bist doch nicht bekloppt!«, hatte er auf der Heimfahrt im Auto gemurmelt und damit war das Thema beendet gewesen.

Jedenfalls stand Line unbeweglich da, die Hände schweißnass, die Augen schreckgeweitet. Die Türen der Straßenbahn schlossen sich, ein kalter Windhauch fuhr unter ihre Jacke und wies sie fast hämisch darauf hin, dass sie die Wärme des beleuchteten Wagens verschmähte. Langsam rollte die Bahn los.

So hatte Line ihren Tag nicht geplant.

Eigentlich hatte sie erst eine halbe Schüssel Müsli mit einem Fünftel Liter Milch essen wollen, um dann in die Schule zu gehen und nach den zwei Stunden Sport zehn Minuten der Pause zum Duschen und Anziehen zu nutzen, und in den verbleibenden zehn Minuten ihr Schulbrot mit Käse zu essen.

Danach wäre sie in den Biologieunterricht gegangen und in der großen Pause hätte sie sich in der Mensa die vegetarische Lasagne gekauft. Sie hatte gestern extra noch im Internet nachgesehen, was es diesen Mittag geben sollte. Mit ihrem Tablett hätte sie sich an den Tisch ganz rechts in der Ecke gesetzt. Natürlich allein.

Nach zwei weiteren Stunden Kunst und zwei Stunden Deutsch hätte sie nach Hause radeln können, um dort Hausaufgaben zu machen und um acht Uhr pünktlich

die Nachrichten zu sehen, nachdem sie zum Abendessen zwei Brote und einen Gurkensalat gegessen hätte.
Später wäre noch Zeit übrig gewesen, um erst den Brief des fremden Jungen zu beantworten, Mathe zu lernen und dann mit einem Buch ins Bett zu gehen, um danach Punkt halb elf das Licht zu löschen.
Und jetzt war ihr Plan bereits am Anfang des Tages durcheinandergeraten. Line schüttelte ärgerlich den Kopf und sah auf der digitalen Anzeige nach, wann die nächste Bahn kommen würde. Nur noch fünf Minuten. Ihr Atem beschleunigte sich jetzt schon.
Wenn sie etwas noch mehr hasste, als in engen Fahrzeugen voller Menschen eingequetscht zu sein, dann war es, wenn sie ihren Plan nicht einhalten konnte.

»Na, wer war denn da am Werk?«, waren die ersten Worte, die Line empfingen, nachdem sie sich auf dem kleinen Kunstledersessel niedergelassen hatte. Die bunten Armreifen, die der Friseurin den halben Unterarm heraufreichten, klimperten, als sie Line mit den langen Fingernägeln durch das kurze Haar fuhr. Line konnte der Frau ansehen, dass sie ihr Entsetzen verbergen musste.
»Meine kleine Schwester«, log sie und bemühte sich, nicht in den Spiegel zu sehen, denn dann hätte die Frau die Unwahrheit garantiert in ihren Augen abgelesen.

»Die kleine Schwester …«, murmelte die Friseurin mehr zu sich selbst und verkniff den pink angemalten Mund, sodass die Fältchen, die das jahrelange Ziehen an der Zigarette wie ein Netz um ihren Mund gespannt hatte, deutlich hervortraten. Sie schüttelte den blonden Pferdeschwanz und fuhr nun mit dem Kamm durch Lines Haar.
Beschämt blickte Line auf den unförmigen Kittel, mit dem man sie eingehüllt hatte.
»Gabi, hast du Kundschaft?«, tönte eine männliche Stimme aus der kleinen Kammer neben dem Tresen, aus der der Geruch nach Kaffee und Rauch stieg. Vermutlich eine Art Pausenraum für die Angestellten des kleinen Friseursalons.
Die Bilder an den Wänden zeigten noch immer die Produktwerbung und neuesten Trends aus den Neunzigern und auch die Einrichtung und die beigefarbenen Wände wirkten so, als ob das spießige Geschäft sich ein wenig in der Vergangenheit verloren hatte. Trockenblumen zierten die Brettchen, die unter den golden umrahmten Spiegeln angebracht waren, und die Vorhänge, die den Blick nach draußen erschwerten, sahen genauso aus wie die Häkeldeckchen, die Lines Großmutter das ganze Jahr über herstellte, um sie im Dezember auf dem Weihnachtsmarkt zu verkaufen.
»Und ob!«, rief Gabi und strich ein drittes Mal durch Lines stümperhaft gestutztes Haar, das mal bis zu den Ohren reichte und mal nur knapp zwei Zentimeter

Länge hatte. »Da hilft nur eins«, meinte sie mit entschlossener Miene und stemmte die Hände in die korpulenten Hüften, ohne den Kamm aus der Hand zu legen, »eine schicke, einheitliche Kurzhaarfrisur!« Sie nickte zur Bekräftigung und versuchte sich an einem Lächeln, das vermutlich ermutigend wirken sollte.

Line wiederum machte der breite rosafarbene Mund eher Angst und ihr Herz begann schon wieder schneller zu schlagen, wie vorhin, als sie sich bei der dritten Bahn endlich getraut hatte einzusteigen. Und das auch nur, weil jetzt die Schüler endlich alle in ihren Klassenräumen saßen und sich nicht mehr in die Wagen quetschten.

»Nein«, entfuhr es ihr leise, »das möchte ich nicht!« Gabi holte einen Spiegel, um dem Mädchen die furchtbar verschnittene Seite ihres Hinterkopfes zu zeigen. Es sah tatsächlich schrecklich aus. Lange Strähnen hingen schnittlauchglatt zwischen kurzen Stoppeln hervor und wuchsen wie einzelne Stängel zwischen wildem Gestrüpp.

»Tut mir leid, es hilft nichts«, entschied Gabi und Line nickte ergeben. Schlimmer als das, was sie nun auf dem Kopf trug, konnte es nicht mehr werden.

»Na gut«, flüsterte sie und musste die Tränen unterdrücken.

Was würden die anderen sagen? Wie viele Wochen würden sie sich das Maul über ihre kurzen Haare zerreißen? Und wie sollte sie sich nun vor den Blicken der anderen verstecken, die sie so oft spitz im Rücken spürte? Denn, wie der fremde Briefschreiber ganz richtig bemerkt hatte: *Wer gab sich selbst schon gern freiwillig die Blöße?*

Wenn sie doch nur eine andere wäre. Selbstbewusst, laut, beliebt. Dann würde sogar Bastian sie bemerken, mit Sicherheit.

Einfach einmal von ihm gesehen zu werden, auf positive Art und Weise, ohne dass die anderen gleich böse redeten.

Der kleine Friseursalon schien enger zu werden, die Wände rückten plötzlich näher zusammen, als Gabi mit sicherer Hand die Schere ansetzte und den ersten Schnitt tat. Eine braune Strähne fiel zu Boden, ein dunkles Band, und blieb auf den grauen Fliesen liegen. Und da fasste Line einen Entschluss, unüberlegt und vollkommen ungeplant. Und vielleicht gerade deshalb nötig. Noch nicht mal ihr Reclam-Orakel konnte sie vorher befragen, nicht ihre geliebten Bücher, auf deren Antworten sie sich sonst verlassen konnte. Sie war allein. Ganz allein mit ihrer Entscheidung.

»Wenn die Haare dann eh kurz sind«, murmelte sie und wagte kaum aufzusehen, »könnte man sie nicht auch noch färben?«

Ihre Augen suchten im Spiegel das Gesicht der Friseurin, deren feiste Züge sich zu einem breiten Lächeln verzogen.

»Mein liebes Kind, jetzt werden wir Schlamm in Gold

verwandeln, sodass du dich selbst kaum wiedererkennen kannst!«, rief sie und griff enthusiastisch nach dem Kamm.

Hoffen wir's!, dachte Line und schloss die Augen, während ihr Haar auf ihre Schultern fiel und in kleinen Nestern am Boden liegen blieb.

Noch 10 Tage

Eine Frage: Hast du dir schon mal überlegt, dass du dir nicht vor anderen, sondern vor allem vor dir selbst die Blöße gibst?

Ich habe heute etwas getan, das für mich mutig war, denn ich will nicht für immer feige sein. Du scheinst sehr genau zu wissen, worum es im Leben geht. Worum es in deinem Leben geht. Oder was du glaubst, worum es gehen könnte.

Aber weißt du was? Ich denke, du hast nicht erkannt, dass nicht jeder darauf hoffen kann, akzeptiert zu werden, von Freunden oder der Fußballmannschaft. Es gibt Menschen wie mich, für die es keinen Platz gibt, die sich verstellen können, wie sie wollen, um gut anzukommen, und die trotzdem niemals von den anderen gesehen werden können. Also verstecke ich mich. Und doch ist es schwierig, ein gutes Versteck zu finden, denn zu Hause habe ich ebenso wenig einen Platz, einen Halt, wie in der Schule.

Du sprichst von deiner Freundin. Sei doch dankbar dafür, jemanden zu haben, der mit dir zusammen sein will. Der Junge, den ich mag, weiß vermutlich nicht einmal, dass es mich gibt. Weißt du was? Ich habe mein Orakel für dich befragt. Mein Orakel, das sind alle meine Reclam-Heft-

chen. Wenn ich eine Frage habe, schließe ich die Augen, ziehe eines heraus und lege den Finger auf eine willkürlich aufgeblätterte Seite und lese den Satz. Mein Orakel hilft mir. Es führt mich durchs Leben.
Ich habe es gefragt, wie es das Verhältnis zu deiner Freundin beurteilt, die dich scheinbar nicht kennt und mit einem Menschen zusammen ist, der nicht existiert. Und weißt du, auf welchen Satz mein Finger in Mozarts *Zauberflöte* stieß? Ich verrate ihn dir:
»Bewahret euch vor Weibertücken.«

Der letzte Satz ging Anton nicht mehr aus dem Kopf, seit er Nadines Haus betreten hatte. Der Hund hatte ihn freudiger begrüßt als sein Frauchen, die ihn mit einem Telefon am Ohr nur rasch die Tür geöffnet und ihm die Treppe nach oben in Richtung ihres Zimmers gezeigt hatte. Dabei hatte sie ihm einen flüchtigen Kuss auf die Lippen gedrückt und dann wieder hektisch in den Hörer geplappert. Bereits im zweiten Satz fiel das Wort *Abiball*. Natürlich, was denn sonst.
Die Sneakers hatte er ausgezogen und in das Regal gestellt, in dem die Schuhe von Nadines Familie pingelig aufgereiht darauf warteten, dass sie benutzt wurden. Das einzige Mal, als Anton mit Schuhen über den hellen Teppich gelaufen war, hatte Nadines Mutter ihn missbilligend auf das Regal aufmerksam gemacht und

den kaum sichtbaren Fleck trockener Erde, den seine Sohle hinterlassen hatte, sofort mit Teppichschaum und einer Bürste beseitigt.

Danach benutzte er sogar die Hausschuhe, die seit diesem Vorfall hier auf ihn warteten.

Warten.

Das tat Anton jetzt bereits seit fast einer halben Stunde oben in Nadines Reich. An der lachsfarbenen Wand hingen in einheitlichen Holzrahmen Fotos von ihr und ihren Freundinnen. Auf einem einzigen war auch er zu sehen. Es war im Sommer gewesen. Nadine saß auf seinen Schultern und zeigte ihre makellosen Zähne, während er etwas rot im Gesicht und außer Puste war. Aber schön war es irgendwie schon gewesen, auch wenn sie die Zügel, wie immer, in der Hand gehalten hatte.

Er setzte sich auf ihren Schreibtischstuhl und griff wahllos nach einem Buch, das in ihrem ordentlichen Schränkchen neben dem Schreibtisch stand. Doch er kannte es nicht und stellte es gelangweilt zurück. Wo blieb Nadine denn? Sein Tag war bisher anstrengend genug gewesen. Erst hatte er verschlafen und kam eine halbe Stunde zu spät und mit leerem Magen in der Schule an. Die Referatsgruppen in seinem Mathekurs waren da schon eingeteilt gewesen und der Lehrer hatte ihn zusammen mit Line in eine Gruppe gesteckt, die Einzige, die noch keinen Partner gehabt hatte. Natürlich Line. Wer arbeitete schon freiwillig mit dieser Schlaftablette zusammen? Er hatte ein Fluchen vor dem Lehrer unterdrücken müssen, denn das bedeutete, dass er mit ihr die nächsten zwei Doppelstunden eine Aufgabe erarbeiten und später der Klasse vorstellen musste. Und das ausgerechnet mit Line.

Er raffte sich erneut auf und ließ sich gleich darauf auf Nadines Bett nieder, um das Kissen zu betrachten, das er ihr zum Geburtstag geschenkt hatte. Ein Bild von ihnen beiden zierte die Vorderseite und hinten hatte er *In Liebe, Anton* in roter Schrift aufdrucken lassen. Obwohl Nadine es nicht hatte zugeben wollen, hatte sie es bei der Party ganz schnell fast verschämt unter einem Stapel Geschenkpapier versteckt, ehe zu viele Gäste kamen. Das hatte wehgetan, doch er hatte gelacht und später versucht, das traurige Gefühl in dem einen oder anderen Bier mehr zu ertränken.

Und jetzt hatte er, ausgerechnet heute, auch noch diesen Satz von dem Mädchen gelesen. Der neue Zettel, der auf ihn gewartet hatte, hatte ihn ziemlich überrascht. Wie kritisch sie gewesen war, wie ehrlich. Das passte gar nicht zu den ersten Briefen, die einfach nur traurig und aussichtslos geklungen hatten. Er konnte diese letzten Worte nicht mit dem Bild des schüchternen Mauerblümchens übereinbringen, das sie sonst in ihm hervorgerufen hatte.

Ich habe heute etwas getan, das für mich mutig war, denn ich will nicht für immer feige sein, hatte sie geschrieben, aber was genau meinte sie damit? Ohne es zu wollen, wurde er neugierig auf diese Unbekannte. Noch nie

hatte er so sehr wissen wollen, wer dieses Mädchen war, das weder in der Schule noch in der eigenen Familie glücklich zu sein schien. Das mehr auf das Urteil von Büchern vertraute als auf das anderer Menschen oder gar sich selbst. Und auf eine komische Art und Weise bereitete sie ihm sogar ein schlechtes Gewissen, denn er wusste: *Er* würde sich von einer Außenseiterin wie ihr genauso abwenden, wie jeder andere das tat. Und ob er wollte oder nicht: Es erschreckte ihn.
»So, endlich«, ertönte plötzlich Nadines Stimme im Raum und sie schloss geräuschvoll die Tür hinter sich. Ihr langes blondes Haar hatte sie wie immer ordentlich gekämmt und es floss sanft auf ihre Schultern herab. Sie war wirklich sehr hübsch. Was für ein Glück er doch tatsächlich hatte, mit solch einem Mädchen zusammen sein zu dürfen.
Er lächelte und kratzte sich am Kopf. »Was war denn los?«, fragte er und streckte die Arme nach ihr aus, wollte sie auf seinen Schoß ziehen.
»Nicht, lass das«, entgegnete sie und wand sich aus seiner zärtlichen Umarmung. »Und geh mit deiner schmutzigen Hose runter von meinem Bett, meine Mutter hat gerade frisches Bettzeug aufgezogen.« Dann beugte sie sich aber doch zu ihm herunter und küsste ihn auf die Nase. »Ach, es ist einfach so kompliziert mit dieser Saalmiete«, flüsterte sie und zog ihn auf ihren Schreibtischstuhl, setzte sich auf seine Knie. »Aber ich will eben einfach, dass alles perfekt wird!«

Anton nickte und streichelte ihren Rücken. »Das versteh ich doch«, raunte er leise und ergriff ihre weiche Hand.

»Weißt du ...«, begann Nadine, »manchmal habe ich das Gefühl, dass mir das alles ein wenig über den Kopf wächst. Ich hab die Verantwortung ja freiwillig übernommen, aber die anderen im Abiballkomitee sind so faul, da bleibt eben doch wieder alles an mir hängen.« Anton bettete ihren Kopf an seine Schulter. Erst wehrte sie sich, doch dann ließ sie die Stirn sinken und atmete tief durch. »Scheinbar bin ich einfach die Einzige in diesem Jahrgang, die das kann.«

Anton erwiderte nichts. Er wusste genau, dass Nadine ihren Ehrgeiz, ihr Organisationstalent unter Beweis stellen wollte, vor den anderen und vor sich selbst. Und natürlich hatte sie die Aufgabe auch übernommen, um alles allein bestimmen zu können.

Das Telefon in ihrer Hand begann erneut zu klingeln und zerriss den stillen Moment. Sofort sprang Nadine auf, drückte den Annahmeknopf und meldete sich. Hektisch pustete sie eine Strähne aus ihrem Gesicht, die sich unordentlich über ihrer zarten Nase verirrt hatte.

»Ich muss grad noch mal telefonieren, Anton«, erklärte sie und das war auch schon alles, was sie sagte, ehe sie begann, auf den Menschen am anderen Ende des Hörers einzureden.

Anton seufzte und erntete dafür einen vorwurfsvollen, wenn auch stummen Blick aus den schönen blauen

Augen, die jetzt beinahe durch ihn hindurchzusehen schienen. Er hörte kaum, was sie erwiderte, als er sich, eine Entschuldigung murmelnd, erhob und ihr einen leichten Kuss auf die Wange drückte. »Training«, flüsterte er und zuckte mit den Schultern, ehe er das Zimmer verließ.

Nadines Blick verhieß nichts Gutes, als er versuchte, die Tür leise hinter sich zu schließen, um sie bloß nicht zu stören. Sie trat so heftig mit ihrem Fuß dagegen, dass sie die Tür mit einem Rumms zuknallte und beinahe seine Finger eingequetscht hätte.

Fluchend zog Anton die Hand gerade noch zurück. Eigentlich war er gekommen, um einen netten Abend mit seiner Freundin zu verbringen. Doch jetzt schnürte sich ihm vor unterdrücktem Ärger die Kehle zu. Ihm war vorher nie aufgefallen, wie unausgeglichen ihre Beziehung war.

Denk mal drüber nach, hatte die Fremde geschrieben. Das tat er nun.

Als er zu Hause ankam, hatte Nadine bereits drei Mal auf seine Mailbox gesprochen.

»Was fällt dir eigentlich ein?«, war die erste Nachricht, die mehr gekeift als gesprochen war, die zweite folgte im gleichen Tonfall: »Du hast sie doch nicht mehr alle! Wieso verstehst du mich nicht?« Dann brach ihre

Stimme weg und der Anrufbeantworter gab die dritte Nachricht wieder, diesmal hatte sie eine Viertelstunde gewartet und sich offensichtlich etwas beruhigt.

»Tut mir leid«, murmelte sie ins Telefon, »ich bin momentan einfach ein wenig gestresst. Aber deshalb kannst du doch nicht einfach so gehen! Ruf an, wenn du zu Hause bist, ja?«

Antons erster Impuls war es, sofort nach dem Handy zu greifen und ihre Nummer zu wählen, doch dann besann er sich einen Moment. Wenn er sie jetzt anrief, dann würde sich nichts ändern, gar nichts. Nadine hätte weiter diese Macht über ihn und er würde seine Lüge leben, die des perfekten Freundes mit der perfekten Freundin. Und er merkte immer stärker, dass er genau das *nicht* wollte.

Seine Finger schwebten einen Moment lang über dem schwarzen Gerät, dann riss er sich von dessen Anblick los und ging weiter ins Wohnzimmer. Eigentlich hatte er direkt zum Training fahren wollen, aber der Streit mit Nadine hatte seine Lust auf die Gesellschaft der anderen vertrieben. Bewegen, das wollte er sich zwar, aber jetzt die anderen Jungs sehen, weiter seine Maske tragen und lächeln? Nein, das ertrug er heute nicht mehr.

Schnell lief er geradeaus durch den Flur ins Wohnzimmer, um gar nicht erst in Versuchung zu kommen, ihr wieder hinterherzutelefonieren. Und um sich noch schnell eine Banane zu nehmen, ehe er eine Runde Laufen gehen würde. Trotz des steten Regens.

Er öffnete die Tür und überrascht bemerkte er, dass seine Mutter bereits zu Hause war, ihre Handtasche und ihr Mantel waren unordentlich auf den Boden geworfen. Normalerweise war sie doch bis sieben Uhr in der Praxis. Er entdeckte sie in einer seltsamen Haltung sitzend auf dem Ledersofa, das blonde Haar in den Nacken geworfen und jetzt sah er den Mann, der über sie gebeugt war und ihr einen Kuss auf den Hals drückte. Im ersten Moment dachte Anton, es sei sein Vater, doch diese Person hatte keine Glatze.

Entsetzt taumelte er einen Schritt zurück und stieß dabei gegen das gerahmte Foto, das auf der Kommode stand. Ein Familienbild, zwei Jahre war es alt.

Vier glückliche Gesichter. Es fiel zu Boden und das Glas zerbrach.

»Anton?!«, rief Marianne, vom Geräusch des splitternden Glases aufgeschreckt. »Was machst du denn schon hier?«

Das Entsetzen stand ihr ins hochrote Gesicht geschrieben. Sie schubste den Mann von sich, der sich kurz zu Anton umdrehte und dann mit einem knappen Räuspern in der Küche verschwand, die obersten Knöpfe seines Hemdes geöffnet.

»Wieso bist du nicht im Training?«, rief seine Mutter und versuchte, einen Rest Würde zu bewahren, indem sie sich gerade auf die Couch setzte und ihre Bluse glatt strich.

Sie blickte ihn vorwurfsvoll an. Anton wusste nicht,

wie sie es schaffte, ihm mit ihrem Tonfall auch noch ein schlechtes Gewissen zu vermitteln, als habe er einen Fehler begangen, als sei *er* derjenige, der sich schämen müsse.

»Mama«, sagte er nur und schwor sich, dieses Wort das letzte Mal ausgesprochen zu haben. Er schüttelte den Kopf, ganz langsam und sein sommersprossiges Gesicht konnte nun sein Gefühl auch nicht mehr verbergen.

»Anton, es ist anders, als du denkst«, lenkte sie dann ein und sank in sich zusammen, strich sich über die Stirn und sah plötzlich vollkommen elend und schwach aus.

»Friedhelm und ich ... weißt du, im Moment ... und es ist so schwer mit Vera ... und da brauchte ich einfach ...«

Doch Anton schüttelte nur weiter den blonden Kopf, fühlte sich wie in Trance und machte langsam einen Schritt nach hinten, raus aus dem Wohnzimmer, weg von seiner Mutter.

Sie stand auf und streckte den Arm nach ihm aus, folgte ihm.

»Nein, lass mich ...«, stammelte er und schlug ihre zitternde Hand beiseite. Die Hand mit dem goldenen Ring am Finger.

»Anton, bitte«, seufzte seine Mutter und jetzt standen wirkliche Tränen in ihren gläsern wirkenden Augen, »mach es nicht noch schwerer.«

Doch Anton nahm ihre Worte kaum wahr. Seine Nase verzog sich und er drehte sich um, raste die Treppe

hoch in sein Zimmer, um seine Turnschuhe zu holen.
Er musste jetzt laufen.
Raus.
Einfach nur weg.

Noch 9 Tage

Weißt du was? Ich habe mir bisher nie Gedanken darüber gemacht, ob meine Freundin gut für mich ist.
Ich habe es angenommen, weil jeder sie als fantastisches Mädchen kennt:
Sie ist hübsch, beliebt, engagiert, hat viele Freunde, ein großes Haus, ist immer für einen Spaß zu haben, liebt gute Partys, kann sich schön bewegen, hat viele Talente und ist sehr lustig.
Welcher Junge würde nicht mit ihr zusammen sein wollen? Welcher Junge würde sich nicht in sie verlieben?
Ich glaube, als ich mich in sie verliebt habe, da ist es eher passiert, weil alle meinten, wie gut wir zueinander passten und dass wir ein tolles Paar abgeben würden. Ich habe immer nur ihre positiven Seiten gesehen.
Und jetzt, seitdem du mir schreibst, ist es so, als hätte ich hinter eine schöne Tür geschaut und etwas so Hässliches gefunden, dass ich die Tür auch von außen nicht mehr betrachten kann, ohne daran zu denken, was sich dahinter befindet.
Ich bin mir nicht sicher, ob diese Veränderung gut ist, denn sie macht es mir schwerer, sie zu lieben.
Das, was du beschreibst und was du in deiner Fami-

lie und in der Schule vermisst, vermag sie mir nicht zu geben: Halt.
Ich dachte immer, meine Mutter wäre vielleicht am ehesten ein Fels in der Familie, wenn es so etwas bei mir überhaupt noch gibt, aber ich glaube, ich habe mich getäuscht. Und als du erzählt hast, dass du diesen Halt nirgendwo bekommen kannst, da habe ich gedacht, dass es vielleicht auch genau das ist, was meine Schwester vergeblich sucht. Halt.
Und woher kannst du deinen Halt bekommen? Meinst du, der Junge, dessen Aufmerksamkeit du suchst, kann ihn dir geben?

Line fuhr sich nervös durchs Haar.
Die Blicke der anderen blieben an den kurzen Strähnen hängen, verfingen sich darin, und sie spürte, wie ihr Gesicht heiß wurde.
Ihr Vater hatte ihr beinahe eine geklebt, als er die Frisur erblickt hatte. Sie hatte gesehen, wie seine Hand gezuckt und er sich gerade noch zusammengerissen hatte. Das Problem war nicht die Länge gewesen – schließlich hatte er annehmen müssen, dass Lines braunes Haar nach dem Friseurbesuch kurz sein würde. Nein, dass sie es sich erlaubt hatte, das Braun in ein lichtes Rot-Gold zu verwandeln, das nahm er ihr übel. Oder zumindest den Umstand, dafür Geld ausgegeben zu haben.

Nachdem er gebrüllt hatte, dass Line die größte Strafe seines Lebens sei, dreist und undankbar, sah sie ihm einen Moment in die Augen. Das Feuer in ihrem Blick, das wütend auflodere, hatte ihn überrascht und er war verstummt.

Dann war Line in ihr Zimmer gestürzt und hatte aus ihrer Spardose zwanzig Euro genommen, um die neue Haarfarbe zu bezahlen.

Und jetzt saß sie hier, in der ersten Reihe, während die anderen aus ihrem Mathekurs langsam aus der Pause wieder zurück in den warmen Raum schlurften. Die Mädchen versuchten zumindest teilweise zur Seite zu sehen, doch einige Jungen gafften regelrecht. Einer, Anton, und ausgerechnet ihr Referatspartner, stieß sogar seine Freundin Nadine an und deutete auf Lines neue Frisur. Ein Lachen überzog sein sommersprossiges Gesicht und ihm war deutlich anzusehen, dass er lediglich um Nadines Aufmerksamkeit buhlte. Doch die bedachte ihn nur mit einem müden Blick und lief in den hinteren Teil der Klasse, ohne ihn weiter zu beachten.

Anton zog den Kopf ein. Er gehörte zu den Jungen in ihrem Jahrgang, die allgemein als beliebt bezeichnet wurden: sportlich, hübsch und keinerlei Sensibilität. Und leider auch ein Freund von Bastian.

Bastian.

Wo war der eigentlich? Unruhig drehte Line den rötlichen Schopf, doch Bastians Platz war noch leer. Alle

anderen packten inzwischen ihre Sachen aus und auch Line griff unter den Tisch, um ihr Buch hervorzuzerren. Der Lehrer betrat den Klassenraum und wollte gerade die Tür schließen, als Bastian im letzten Moment hindurchschlüpfte. Er murmelte eine Entschuldigung und drängte sich am vordersten Tisch vorbei, als sein Blick an Lines Feuermähne hängen blieb und er überrascht die dunklen Brauen verzog. Dann lächelte er kurz.
»Coole Frisur, Line«, flüsterte er und beeilte sich dann, seinen Platz neben Anton einzunehmen.

Coole Frisur. Line konnte es kaum fassen und hoffte, dass niemand bemerkte, wie rot ihre Wangen bei diesen Worten wurden. Er hatte sie bemerkt.

Und er kannte ihren Namen.

Den ganzen Tag fühlte Line sich noch wie auf Wolken. Und das nur wegen ein paar kurzen Worten. *Schon komisch, wie sehr ein kleines Ereignis den ganzen Tag zu einem großen Tag machen kann*, dachte sie, als sie sich abends um punkt halb elf ins Bett legte, wie sie es geplant hatte.

Doch der Schlaf wollte nicht kommen. Völlig aufgekratzt lag Line wach, den Blick auf die weiße Zimmerdecke gerichtet. Bastian hatte sie bemerkt, er hatte sie gesehen und sogar angesprochen, vor den Augen all der anderen, vor seinem besten Freunden Anton und Nadine. Line lächelte still und wickelte sich behaglich in ihre Decke ein. Neulich hatte sie mitbekommen, wie Bastian Nadine wegen irgendetwas in die Schranken gewiesen hatte, sie wusste nicht mehr was genau, aber das war auch egal. Er stellte sich gegen die Meinung anderer. Auch gegen Nadine, wenn es sein musste, und das wagte sonst kaum jemand aus Angst, selbst zum Außenseiter zu werden. So war es einigen gegangen, die es sich mit Leuten wie ihr verscherzt hatten. Doch Bastian gehörte nicht dazu. Er hatte ihren Namen genannt, hatte ihn ausgesprochen und sie hatte ihn gehört.

Ein Auto fuhr an ihrem Zimmerfenster vorbei, die Scheinwerfer malten Schatten an die Wände und erhellten kurz den kleinen Raum.

Line betrachtete das Licht einen Moment, ehe das Fahrzeug um die Ecke bog und sie erneut in der Dunkelheit zurückließ.

Sie konnte jetzt nicht mehr gehen. Zum einen wusste sie, dass sie ihre kleine Schwester nicht verlassen konnte. Was würde Anna machen? Jens vollkommen ausgeliefert konnte ihre Mutter sie bestimmt nicht beschützen. Und jetzt hatte sie auch noch das Gefühl, durch die Briefe und durch den heutigen Tag endlich mal wieder etwas zu spüren, das ihr guttat, das sie warm durchströmte und sie beinahe fröhlich stimmte. Nein, ohne Weiteres abzuhauen und alle Menschen hinter sich zu lassen, kam nicht mehr infrage.

Line rollte sich auf die Seite und malte mit ihrem Finger unsichtbare Kreise auf das Laken. Eine unbestimmte Erwartung hatte sie ergriffen, ein Kribbeln, das sie selbst kaum beschreiben konnte. Sie wollte etwas ändern, *musste* etwas ändern. All ihre Zwänge, all ihre Ängste, das schränkte sie ein. Und noch mehr als das tat es ihr Vater. Aber jetzt hatte sie Blut geleckt. Hatte gemerkt, wie das Leben sein konnte, spät, aber nicht zu spät. Das war es, was sie wollte.

Sie setzte sich im Bett auf, zu unruhig, um still liegen zu bleiben. Sie musste hier raus! Raus aus ihrer Höhle, aus dem Haus und ihrer Familie. Ein Gedanke kam ihr, verwegen und neu und geradezu unerhört, sodass es sie beinahe selbst erschreckte. Sie war achtzehn Jahre alt. Sie konnte ausziehen. Und niemand würde sie aufhalten. Wenn sie ganz ehrlich war, hatte ihr Orakel am Anfang ihres Plans doch recht gehabt und sie hatte es falsch gedeutet: Zwar verschwindet Zarathustra für eine Weile, doch dann kehrt er auf die Welt und zu den Menschen zurück. Voller Optimismus und Tatendrang. Sie sprang auf, knipste das Licht an und lief zu ihrem Bücherregal. Der Einfall war so neu, so gut. An Schlafen konnte sie nun nicht mehr denken.

Was würde ihr Reclam-Orakel sagen? Zu dieser Idee, dieser neuen Idee.

Line hörte nicht, wie jemand den Flur entlangging, hörte nicht den knarrenden Boden und das Schaben schlurfender Füße über dem Holz. Erst als das leise Quietschen der Scharniere erklang, fuhr sie erschrocken herum.

Vorsichtig blickte Olga ins Zimmer, den Kopf durch den schmalen Türspalt gesteckt.

»Line«, flüsterte sie und huschte herein. Fröstelnd verschränkte sie die Arme vor dem Körper und trat mit ihren nackten Füßen auf den warmen Teppich. »Ich hab gehört, dass du noch wach bist.« Ihre Augenbrauen zuckten nach oben und sie betrachtete sich selbst kurz in der Fensterscheibe. Die Dunkelheit dahinter verwandelte das Glas in einen Spiegel – schnell zog sie die Vorhänge zu und strich sich eine Locke hinter das Ohr.
»Geh doch wieder ins Bett.« Ihr Tonfall klang fast jammernd und sie sah flüchtig über die Schulter zum immer noch offenen Türspalt. Line bemerkte den Blick und schloss eilig den Eingang zu ihrem Zimmer.
»Bitte, Line, du weißt doch, was für einen leichten Schlaf er hat, nicht dass er aufwacht. Er muss morgen früh raus.«
Natürlich.
Line nickte knapp. »Ja«, sagte sie, ein Reflex, den ihr das Leben über all die Jahre antrainiert hatte. Sie stockte kurz und drehte sich wieder ihrem Regal zu. Betrachtete das leuchtende Gelb der kleinen Hefte.
»Nein«, sagte sie dann unvermittelt und wandte sich nun ihrer Mutter zu. Ihre Wangen waren ein wenig gerötet, wie immer, wenn sie aufgeregt war. Sie ergriff Olgas kalte Hände, die kleinen, zierlichen Hände und zog sie neben sich auf die Matratze. »Mama, das geht so nicht weiter«, begann sie, den Blick scheu auf die eigenen Knie gerichtet.
»Sprich bitte leiser.«

»Mama, hör mir einfach zu.«
»Was ist denn los? Was geht so nicht weiter?« Sie versuchte, die zitternden Finger aus denen der Tochter zu ziehen, doch Line hielt sie fest.
»Das weißt du genau!«
Die Deckenlampe flackerte kurz und Olga blickte irritiert nach oben, froh, nicht in Lines Gesicht sehen zu müssen.
»Ich weiß, er ist mein Vater. Aber wie er dich behandelt, wie er mit Anna umgeht und mit mir … ich halte das nicht mehr aus.«
Jetzt hatte sie es ausgesprochen. Zum ersten Mal hatte sie laut gesagt, was sie sich sonst nicht einmal selbst einzugestehen vermochte. Sie konnte niemanden beschützen. Nicht ihre Mutter und nicht ihre Schwester. Nicht, solange sie sich nicht einmal selbst helfen konnte.
»Aber Line …«, entgegnete ihre Mutter schwach. Ihre Augen blickten trüb zu Boden. Line wartete, ob sie noch etwas sagen würde, aber sie blieb stumm.
»Ich …«, jetzt ließ sie die Hände los und verschränkte sie im eigenen Schoß, »ich dachte, vielleicht wäre es besser für alle, wenn ich nicht mehr bei euch bin. Ich meine nicht, dass ich weglaufe. Ich meine, dass ich ausziehen möchte.« Line wagte kaum zu atmen. Sie wusste selbst, dass Olga zu schwach war, um etwas zu verändern, doch sie hoffte darauf, dass sie es wenigstens ihrer Tochter erlauben würde.
»Aber Line!«, entfuhr es Olga und ihr Tonfall klang

ungewohnt streng, »Das geht doch nicht! Das Geld und überhaupt … er würde das nie erlauben!«

Line griff nach ihrer Brille und setzte sie auf. Sah ihrer Mutter geradewegs ins Gesicht.

»Ich …«, jetzt wurde die Stimme ihrer Mutter wieder so dünn und weinerlich, wie Line es gewohnt war, »ich kann dir nicht helfen.« Sie vergrub den Mund in der Hand und unterdrückte ein Schluchzen. »Ich kann nicht.«

Line nickte. Obwohl sie nichts anderes erwartet hatte, spürte sie eine Enttäuschung in sich aufsteigen, bitter und hart.

»Sogar wenn ich könnte …«

Plötzlich wurde die Zimmertür aufgerissen, Jens' Gesicht erschien im Rahmen, schlaftrunken und verquollen.

»Was ist denn hier schon wieder los?«, fragte er genervt und kratzte sich den großen Bauch. »Könnt ihr nicht mal einen hart arbeitenden Mann schlafen lassen?« Seine Augen waren blutunterlaufen und die Tränensäcke hingen schwer darunter.

»Euer Gezeter in einer Tour. Da wird ja das ganze Haus wach!« Dann schloss er die Tür mit einem Ruck und Line spürte, wie Olga zusammenzuckte.

»Siehst du«, flüsterte sie und glasige Tränen schimmerten in ihren Augen. »Er würde es nie erlauben.«

Noch 8 Tage

Du fragst mich, ob dieser Junge mir Halt geben könnte?
Ich glaube, ohne Veränderungen geht es bei mir im Moment nicht weiter. Und deshalb kann ich nur antworten: Ich weiß es nicht, aber ich habe den Wunsch, eine Möglichkeit zur Besserung zu finden. Und das ist besser, als in Hoffnungslosigkeit zu versinken. Denn, wie mein Orakel mit Shakespeares Worten in Romeo und Julia *ganz richtig bemerkte: »Der Liebe leichte Schwingen trugen mich.« Und die Hoffnung auf die Liebe trägt doch mehr durchs Leben, als wenn man sich ihr ganz versperrt, oder?*
Aber du scheinst im Moment sehr hoffnungslos zu sein. Immer noch wegen deiner Freundin? Hast du inzwischen darüber nachgedacht, ob es wirklich gut ist, dass ihr zusammen seid?
Oder liegt es an dem, was du über deine Mutter herausgefunden hast? Oder an der Krankheit deiner Schwester? Ich hab das Gefühl, viel über dich zu wissen und von dem Vielen doch nur Weniges, Oberflächliches. Es ist irgendwie seltsam, dass wir jeden Tag zu dem Bach gehen, jeden zweiten Tag einen Brief des anderen auflesen und eine Antwort schreiben, findest du nicht? Schließlich scheinst

du jemand zu sein, der mich im wahren Leben nicht beachten würde.
Aber der Junge, von dem ich sprach, der hat mich nun beachtet.
Ich dachte, es würde mich länger als nur einen Tag stark machen. Aber das kann es nur, wenn sich drumherum vieles verändern würde. Doch Veränderung lässt mein Vater nicht zu. Er stellt sich mir entgegen, wenn ich meine Mutter und meine Schwester versuche zu schützen. Wenn ich eine neue Frisur habe. Und wenn ich ihm sagen würde, dass ich ausziehen will. Nicht einfach abhauen, ausziehen. Das ist etwas vollkommen anderes als weglaufen, denn es ist nötig und gut. Und eine Herausforderung. Aber für meinen Vater ist Veränderung schlecht. Mein Orakel behauptet das Gegenteil.

Anton ließ sich keuchend auf der Bank nieder und musste erst mal einen Moment wieder zu Kräften kommen. Dieses Mädchen, diese Unbekannte, hatte inzwischen einen so großen Einfluss auf ihn, wie er es sich nie hatte vorstellen können. Die Vögel zwitscherten und er nutzte die Herbstsonne des späten Nachmittags, um vor dem Training noch eine kleine Extrarunde zu laufen. Schließlich wollte er, dass der Trainer sah, wie sehr er sich anstrengte, um in das Profiteam aufzusteigen. Wenn es schon mit Nadine nicht lief, wenn seine

Familie in dem Moment auseinanderbrach, in dem sie eigentlich zusammenhalten musste, wenn er selbst so verwirrt war und nicht wusste, welche Entscheidungen er treffen sollte, wollte er wenigstens beim Fußball gut sein. Und für seine Zukunft sorgen.

Ein leichter Wind kam auf und wirbelte ihm die gelben, roten und braunen Blätter ins Gesicht. Er hatte lange darüber nachgedacht, wie er mit dem umgehen sollte, was er gesehen hatte. Seine Mutter, die erfolgreiche Kinderärztin, die perfekte Familienfrau, hatte eine Affäre. Anton fröstelte bei dem Gedanken erneut, er konnte es sich einfach nicht vorstellen.

Und sie nahm Veras Krankheit als Entschuldigung. Die Diagnose Anorexie, Magersucht, die hatte seine Mutter damals mit einem knappen Kopfnicken angenommen, als Vera zum ersten Mal ins Krankenhaus eingeliefert worden war. »Wir schaffen das. Vera ist stark.« Aber bis jetzt hatte Vera es nicht geschafft. Und obwohl Anton vor anderen niemals zugegeben hätte, dass in seiner perfekten Familie eben doch nicht alles so rund lief, machte ihm diese Krankheit, die seine Schwester immer kleiner und durchsichtiger werden ließ, Angst. Ihr ganzes Wesen hatte sich verändert. Ihre Liebe zur Musik war verpufft, als habe es sie nie gegeben. Und auch mit Freunden hatte sie sich seit Monaten nicht mehr getroffen, stattdessen ging sie auch bei klirrender Kälte raus, allein und verbissen. Und das machte ihn traurig.

Antons Gedanken kehrten zu Mariannes Geheimnis

zurück. Er hatte sich entschieden, Friedhelm vorerst nichts zu erzählen. Nein, wenn sie Vera als Auslöser für die Liebschaft vorschob, dann musste er seiner Schwester beistehen, um der ganzen Familie zu helfen. Zwar hatte seine Mutter ihm oft genug erklärt, dass es auf sie als Kinderärztin kein gutes Licht werfe, wenn bekannt würde, dass Vera magersüchtig war, aber das war ihm jetzt egal. Sollten alle anderen es wissen, es war doch sowieso offensichtlich, auch wenn Marianne es offiziell immer noch auf den Sport schob. Als ob Vera nicht schon längst ärztliches Sportverbot hatte. Doch ihr Bewegungsdrang ließ sie stattdessen täglich mehrfach mit dem Hund lange Wanderungen unternehmen, was auch nicht viel besser war.

Wieso war seine Mutter zu stolz, zuzugeben, dass nicht alles so leicht war, wie es schien? Und wieso hatte sie es bis jetzt verantworten können, dass Vera so leichtfertig mit ihrem Leben spielte, ohne Unterstützung von außen zu bekommen?

Anton sprang von der Parkbank auf und begann mit wütenden Tritten weiterzujoggen. Die Steinchen des Weges spritzten unter seinen Schuhsohlen in alle Richtungen. Er rannte gegen seinen Ärger an, gegen seine Machtlosigkeit.

Er musste etwas tun. Wie lange hatte er seine Schwester schon im Stich gelassen? Er wurde langsamer und strich sich das Schweißband, das ihm in die Stirn gerutscht war, erneut über die Ohren.

Dann drehte er sich um und sprintete an einigen Inlinefahrern vorbei nach Hause.

Kaum war er in seinem Zimmer angekommen, schmiss er sein Sportzeug zur Seite und fuhr den Computer hoch. Er hatte noch eine halbe Stunde Zeit, ehe er sich zum Training fertigmachen musste, denn das wollte er keinesfalls verpassen. Im Flur war ihm seine Mutter begegnet, doch er war mit gesenktem Blick schnurstracks an ihr vorbeigegangen.

Im Internet klickte er sich durch diverse Foren und Ratgeberseiten für betroffene Familien. Zwei Mal geriet er auch auf sogenannte Pro-Ana-Seiten, von denen er bisher nur gehört hatte, und stellte entsetzt fest, wie sich die Mädchen dort gegenseitig zum Hungern ermutigten.

Am meisten hielt er nach Hilfe in der näheren Umgebung Ausschau und stellte überrascht fest, dass es in der Innenstadt nicht nur diverse Kinder- und Jugendtherapeuten, sondern sogar ein Therapiezentrum speziell für Essstörungen gab. Und zwei Stunden mit dem Auto von hier befand sich eine Klinik, die sich mit der gleichen Problematik beschäftigte und die sogar eine gesonderte Jugendstation hatte. Er klickte auf »Drucken« und ordnete alles, was ihm sinnvoll erschien, auf einen großen Haufen. Nach etwa zwanzig Minuten hatte er einen dicken Stapel Papier neben sich liegen. Sein Gesicht glühte, seine Maus raste über das blaue Pad und beinahe wehmütig verließ er das Internet, als es Zeit war, aufzubrechen. Endlich hatte er das Gefühl, etwas zu tun, endlich etwas in die Hand zu nehmen. Nicht mehr ganz so nutzlos zu sein.

Er fuhr den Computer herunter und ließ den Papierstapel ordentlich neben der Tastatur liegen. Er würde sich das Ganze später genauer ansehen und morgen bei dem Therapiezentrum in der Stadt anrufen, um zu erfahren, was er tun konnte. Und dann würde er gemeinsam mit Vera die Sache angehen, irgendetwas aussuchen aus dem dicken Paket, das ihr helfen konnte.

Das Training tat gut, aber Anton hatte nicht mehr so viel Lust wie vorhin. Schließlich wartete zu Hause eine Aufgabe auf ihn.

»Jetzt schieß doch!«, brüllte ein Junge seiner Mannschaft, als er erneut in Gedanken versunken über den Platz trabte. Der Wind zog in seinen Kragen und er fragte sich, wieso sie trotz des Wetters weiterhin draußen trainierten.

Aufgeschreckt lief er hinüber zum Ball und startete einen Angriff. Seine Muskeln waren schon müde, er hätte vorhin nicht so lange Laufen gehen sollen.

»Jetzt mach endlich!«, brüllte derselbe Junge wie eben

und warf verzweifelt die Hände in die Luft, als Anton den Ball knapp vorbei am Tor im Gebüsch dahinter platzierte.

»Was ist denn los?«, fragte Ole und packte ihn an der Schulter. Der graue Schnurrbart zuckte nervös, als er sagte: »So wird das diesmal aber nichts, mein Junge.« Er sah ihm tief in die Augen. »Hast du verstanden?«

Anton nickte nur. Wo war nur sein sportlicher Ehrgeiz hin? Er verstand sich selbst nicht mehr.

Die Dunkelheit hing tiefschwarz über dem hell beleuchteten Sportplatz, als der Trainer mit einem scharfen Pfiff die Trainingseinheit beendete.

»Gut gemacht«, rief er und klatschte laut in die großen Hände, während die Jungs, die sich über den ganzen Platz verteilt hatten, schwitzend und mit roten Wangen in Richtung Umkleide joggten. »Duscht euch und dann ab nach Hause!«

Bastian lief auf Anton zu und klopfte ihm auf die Schulter.

Er lächelte freundlich, aber ein wenig besorgt. Seine dunklen Augen blickten ihn an, als er sagte: »Nadine hat mir erzählt, dass du sie neulich einfach allein hast sitzen lassen.« Er schüttelte langsam den Kopf, während sie gemeinsam über den gepflasterten Weg an einigen umgedrehten Fußballtoren zu dem kleinen Waschbetongebäude schlenderten. »Ich hab dir doch erzählt, dass sie im Moment so eine stressige Zeit hat. Ich weiß ja, sie kann manchmal echt zickig sein, aber ich glaub,

101

ihr ist das gerade etwas zu viel. Auch wenn sie das nie zugeben würde.«
Anton schluckte.
Nadine.
Er hatte mehrfach versucht, ihre Aufmerksamkeit zurückzuerlangen. Hatte ihr eine Rose in die Schule mitgebracht, hatte über die neue Frisur der Außenseiterin Line gelästert, die ihr eigentlich ziemlich gut stand, und ihr in der Mensa einen Platz neben sich freigehalten, den sie komplett ignoriert hatte.
»Ja«, sagte er und tat zerknirscht. Sein Kumpel brauchte nicht zu wissen, wie sehr er unter ihrer Fuchtel stand. Obwohl er neulich einen Moment lang wirklich überlegt hatte, ob es nicht doch für beide besser war, das Ganze zu beenden. Aber so stark war er nicht, die anderen konnten ihn aus ihren Kreisen ausschließen.
»Macht doch mal was Schönes zusammen!«, schlug Bastian vor und lächelte dann breiter. Sie liefen über das weiche Gras, das noch immer etwas feucht vom Nieselregen der letzten Tage war.
»Ich weiß, dass sie schon lange in die Bar am Rathaus gehen wollte, die haben doch eine neue Cocktailkarte.« Anton schluckte und wischte sich den Schweiß von der sommersprossigen Stirn, während er die Tür zur Kabine aufstieß. Eigentlich hatte er keine Lust, ein solch überteuertes Getränk für Nadine zu kaufen und einen Abend mit ihr zu verbringen, nachdem sie so kalt zu ihm gewesen war. Trotzdem nickte er und tat so, als sei

er sehr dankbar für den Hinweis. Dann ließ er sich auf einer der harten Holzbänke nieder und machte sich wie die anderen daran, die Schnürsenkel der Stollenschuhe zu lösen. Bastian ließ sich neben ihm nieder und zog sein T-Shirt aus.

»Hast du eigentlich Lines neuen Haarschnitt gesehen?«, fragte er dann plötzlich und Anton stutzte. Er selbst hätte sich niemals getraut, dieses unscheinbare Mädchen vor seinen Freunden zu erwähnen, schließlich konnten sie denken, er würde sich in irgendeiner Weise für sie interessieren. Nein, Leute wie Line waren keinen Gedanken wert, höchstens mal eine abfällige Bemerkung am Rande.

»Nein«, gab er knapp zurück, »war sie beim Friseur?« Als ob er das nicht selbst bemerkt hatte.

»Ja, sie trägt die Haare ganz kurz und irgendwie rötlich. Vorher habe ich sie nie wahrgenommen, aber heute sah sie echt ganz hübsch aus«, erwiderte Bastian und Anton hegte eine stumme Bewunderung für seinen Freund, der kein Problem damit zu haben schien, zuzugeben, dass Lines Frisur ihm gefiel.

»Weiß nicht ...«, brummte er, als die Tür der Kabine aufflog und sich Ole, der Trainer, breitbeinig inmitten des Raumes aufstellte. In der Hand trug er einen weißen Zettel. Alle Jungen hielten in ihrer Bewegung inne, die Ersten, die bereits zu den Duschen gehen wollten, blieben stehen und blickten den älteren Mann an, der sich grinsend den Schnurrbart zwirbelte.

»Ich habe gute Neuigkeiten, Jungs«, rief er dann und strich sich das dünne graue Haar über die lichte Stirn. »Ab nächstem Jahr spielt einer von euch bei den Profis.« Ein Raunen ging durch die schmuddelige Kabine und Anton hielt die Luft an. Er hatte nicht erwartet, dass Ole sich so schnell für einen von ihnen entscheiden würde.
»Ich hab euch die letzten Tage beobachtet, die letzten Wochen und Monate. Ich war mir nicht ganz sicher.« Er machte eine bedeutungsvolle Pause. »Letztendlich habe ich zwischen Jan, Anton, Björn und Bastian entschieden.«
Die meisten senkten ein wenig resigniert den Blick, einer trat sogar gegen die Holzbank, doch eigentlich war es keine Überraschung gewesen. Die vier waren schon lange die Besten der Mannschaft.
»Ich war fest von Anton überzeugt.«
Überrascht hob Anton den Kopf. Es stimmte, bis auf die letzten Tage war er wirklich gut gewesen und seine Mundwinkel zuckten, ein leichtes Grinsen stahl sich schon auf seine Züge.
»Anton ist technisch der beste Spieler, doch ich hatte in letzter Zeit das Gefühl, dass er nicht ganz bei der Sache ist, sich nicht genug auf den Sport konzentriert. Und deshalb ...«
Er trat hinüber zu einem rothaarigen Jungen, dessen grüne Augen leuchteten, als sein Trainer ihm die Hand auf die Schulter legte. »Habe ich mich für einen Jungen entschieden, von dem ich weiß, dass er Ehrgeiz,

Biss und Zuverlässigkeit besitzt. Und mit vollem Herzen dabei ist. Glückwunsch, Björn, du hast es geschafft. Sorry, Anton.«

Björn lachte laut und reckte seine Faust in die Luft. Anton erwartete, dass sich ein tiefes Loch in ihm ausbreiten würde, eine bodenlose Leere. Er hatte seine Chance verpasst. Knapp, aber verpasst. All das, wofür er seit beinahe vierzehn Jahren trainierte.

»Keine Sorge, für ein, zwei von euch wird es irgendwann auch einen Platz bei den Großen geben«, rief Ole noch, sah ein wenig enttäuscht zu Anton herüber und verließ dann die Umkleide.

Sein Traum.

Fürs Erste geplatzt.

Und Anton war überrascht, dass es kaum wehtat.

Noch 7 Tage

Danke schön.
Das wollte ich an dieser Stelle einmal kurz sagen. Als du mich gefragt hast, wieso ich so hoffnungslos bin, habe ich eine Weile nachdenken müssen. Im Moment kommt es mir so vor, als ob ich irgendwie tot gewesen wäre, bevor wir angefangen haben, uns zu schreiben. Denn erst jetzt sehe ich so vieles von dem, was für mich vorher unsichtbar war.
Ich habe beschlossen, einige eigene Entscheidungen zu treffen, mit denen meine Eltern nicht einverstanden sein werden. Ich möchte meiner Schwester helfen. Und deshalb finde ich auch, dass du alles tun solltest, damit es dir besser geht, ganz egal, was dein Vater sagt.
Und auch wenn ich versucht habe, mich meiner Freundin wieder anzunähern, will ich versuchen, Distanz zu ihr zu gewinnen, um mehr Klarheit zu bekommen. Obwohl ich gemerkt habe, dass das sehr schwer ist und ich immer dazu neige, ihr wieder hinterherzulaufen.
Doch was soll ich mit meinen Eltern tun?
Ich habe erfahren, dass meine Mutter einen anderen Mann hat und weiß einfach nicht, wie ich damit umgehen soll.

Ich kann ihr nicht mehr vertrauen, das Wissen lastet wie ein unerwünschtes Paket auf mir. Auf keinen Fall will ich die Familie noch mehr auseinandertreiben, aber meinen Vater im Unklaren lassen?
Ich weiß es nicht.

Lines Hand zitterte, als sie mit dem Finger das kleine goldene Knöpfchen neben dem Schild drückte.
Sonja Theobald, Kinder- und Jugendtherapeutin, stand in geschwungenen Buchstaben auf dem Messingschild daneben, und als ihr geöffnet wurde, ging ihr Atem schon wieder unnatürlich schnell.
»Line«, sagte die Frau mit warmer Stimme und zog sich die Lesebrille von der Nase.
Sie lächelte und um ihren Mund breiteten sich ein paar Lachfältchen aus. Wie alt mochte sie sein? Line vermutete, dass Sonja Theobald um die sechzig war. Sie war groß für eine Frau und trug ein weites Leinenkleid in einem sonnigen Gelb, das ihre runden Hüften geschickt umspielte.
»Schön, dass du da bist. Komm doch rein.« Line drückte kurz die weiche Hand und ging in ein kleines Wartezimmer.
Einige Stühle luden zum Verweilen ein, doch momentan war keiner von ihnen besetzt. Zeitschriften lagen auf einem Stapel neben einem Wasserspender, doch

Line hatte kaum Zeit, sich weiter umzublicken. Sonja Theobald leitete sie bereits durch eine weiße Holztür ins nächste Zimmer.
Der gemütliche Raum hatte etwas Afrikanisches, fand Line. Die roten Sessel passten zu den ockerfarben getünchten Wänden und in der Zimmerecke standen einige große Holzgiraffen. Der Schreibtisch unter dem Fenster war aufgeräumt und ein kleines Lämpchen zeigte, dass sich der Computer im Stand-by-Modus befand.
Die Therapeutin deutete auf die Sessel und Line ließ sich auf dem weichen Stoff nieder. Sie verkrampfte die Hände im Schoß und betrachtete ihre Knie, die in einer zu großen Jeans steckten.
Jetzt saß sie hier, bei der *Seelenklempnerin*, wie ihr Vater die Frau nannte, bei der sie letztes Jahr ein einziges Mal gewesen war.
»Möchtest du etwas trinken?«, fragte Frau Theobald. »Einen Saft oder Tee vielleicht?«
»Tee«, flüsterte Line dankbar und sah nicht auf, als die Frau den Raum noch einmal verließ. Was würde Jens sagen, wenn er wüsste, dass sie heimlich hierhergekommen war? Sie wusste selbst nicht, was sie sich von einem zweiten Gespräch erhoffte. Schließlich konnte sie eine Therapie ohne die Erlaubnis ihrer Eltern und ohne das Geld der Krankenkasse sowieso nicht beginnen. Und doch hatte sie das Gefühl, irgendetwas tun zu müssen. Seit ihr der Gedanke gekommen war, ihr Elternhaus zu

verlassen, hatte sie das Gefühl, jede Chance von Rebellion gegen ihren Vater ergreifen zu müssen. Vielleicht war dieser Schritt auch ein Teil davon.

Letztendlich hatte aber der fremde Briefeschreiber sie dazu ermutigt, noch einmal in Sonja Theobalds Praxis zu kommen. Als sie heute Morgen auf der Bank, neben ihrem verborgenen Briefkasten seine Zeilen gelesen hatte, hatte sie ihren Tagesplan umgeworfen und sich entschlossen, die Therapeutin aufzusuchen.

»So«, sagte die Frau, als sie mit zwei dampfenden Tassen zurückkehrte und Line eine davon in die kalten Finger drückte.

»Es ist ja schon eine Weile her, dass wir uns gesehen haben.« Line nickte stumm und blickte dann kurz auf. Die Worte klangen nicht vorwurfsvoll, es war lediglich eine Feststellung. »Was kann ich für dich tun?«

Sie sah krampfhaft in den Tee und rührte mit dem Löffel darin, sodass feine Nebelschwaden aus der Hitze aufstiegen. Rebellion war wirklich nicht leicht!

»Ich ...«, murmelte Line der Tasse zugewandt, »ich kann einfach nicht mehr.«

Und dann schniefte sie laut, schluchzte und weinte all das heraus, was sich seit so langer Zeit in ihr angestaut hatte, als würde plötzlich ein Damm brechen.

Ruhig reichte die Therapeutin ihr ein Taschentuch und Line begann zu erzählen.

Niemals hätte sie vermutet, dass ein einfaches Gespräch so erleichternd sein konnte.

Noch immer vollkommen überrascht fuhr Line mit dem Fahrrad die Straße entlang. Es tat so gut, endlich mal alles zu erzählen, auszusprechen, was sie zu Hause nicht konnte und wofür ihr die Freunde fehlten. Von ihrem Vater, der ihre Mutter so schlecht behandelte und seine ganze Familie in einer Tour kritisierte. Ein Mann, der nie zufrieden war und seinen Töchtern das Gefühl gab, wertlos zu sein. Von Olga, die zu schwach war, sich gegen seine cholerischen Anfälle zu wehren. Die ihre Mädchen liebte, aber aus Angst vor ihrem Mann nicht verteidigen konnte, sondern still hinnahm, was er sagte, tat und verlangte. Von ihrer kleinen Schwester, die aus Kummer den ganzen Tag Süßigkeiten aß und keine Freunde fand, weil niemand etwas mit »der Dicken« zu tun haben wollte. Und natürlich von sich selbst, von ihrer Einsamkeit, ihren Zwängen und Ängsten, von ihrem Drang, ihre Mutter und ihre Schwester beschützen zu müssen. Und von ihrem Wunsch, ohne ein Wort zu gehen, von dem sie nur der zufällige Briefwechsel mit einem unbekannten Jungen abgehalten hatte.

Die Therapeutin hatte sich alles angehört, hatte Fragen gestellt und genickt. Und ihr am Schluss dringend zu einer Therapie geraten, bei der sie jede Woche ein Gespräch haben würde. Und dazu, über eine Veränderung ihrer Wohnsituation nachzudenken.

Line hatte erst gezögert, doch dann hatte sie erklärt,

warum das nicht ging. Dass Jens das nie erlauben würde. Dass sie Anna und ihre Mutter nicht allein lassen konnte. Die Therapeutin hatte wieder verständnisvoll genickt und sie hatten vereinbart, dass sie die nächsten zwei Wochen jeweils für eine Stunde kommen konnte, ohne dass die Frau etwas berechnete oder dass sie eine Überweisung brauchte. Dann aber musste Line sich entscheiden. Musste in den sauren Apfel beißen und es ihren Eltern beichten, oder weiter so leben wie bisher.
Die verhasste Straßenbahn fuhr an ihr vorbei, doch Line streckte den Rücklichtern die Zunge heraus, zog sie aber schnell zurück. Was war das denn gewesen?!
Beim Überqueren einer Kreuzung hielt sie an und radelte erst weiter, als das grüne Männchen aufleuchtete, obwohl kein weiteres Auto und keine Bahn mehr auf der Straße fuhren. Einen Moment lang war sie versucht, einfach zu fahren, doch Line hielt sich immer an die Regeln.
Jetzt musste sie nur noch an der kleinen Kirche vorbei, dann bog sie in die Hauptstraße ein, von der es nur noch etwa zehn Minuten bis nach Hause waren. Der Wind streichelte ihr Gesicht und sie fühlte sich freier als sonst. Ihre kurzen Haare leuchteten wie rote Herbstblätter und beinahe wäre sie mit einem anderen Radfahrer zusammengestoßen, als sie im Begriff war, völlig losgelöst von der Welt die Augen zu schließen.
Der andere riss den Lenker im letzten Moment herum

und Line bremste abrupt ab. Sie schaffte es knapp, ihr Rad gerade zu halten und sprang von den Pedalen, um auf dem Asphalt sicheren Halt zu bekommen.

»Ent... Entschuldigung«, stammelte sie und drehte sich um. Der Junge mit den schwarzen Haaren, der ihr den Rücken zuwandte, war zum Glück ebenfalls nicht gestürzt, sondern stützte sich an einem der kleinen Bäume ab, die zwischen den Parkbuchten neben der Fahrbahn wuchsen.

Er räusperte sich. »Puh, das war knapp«, sagte er und Line meinte, ein Grinsen in seiner Stimme wahrzunehmen. Sie kannte diesen Tonfall.

»Bastian!«, rief sie und errötete, als er sich zu ihr umdrehte. Schnell senkte sie den Blick. Jetzt schien es ihr gerade sehr verlockend, sich hinter strähnigem Haar verstecken zu können.

»Line«, antwortete er nicht minder überrascht, und obwohl ihr die Situation ungeheuer peinlich war, freute sie sich wieder, dass er ihren Namen kannte.

»Ich ...«, sagte sie und geriet ins Stocken. Seine Augen betrachteten sie ruhig und sie schaffte es nicht, länger als zwei Sekunden in sein Gesicht zu blicken. »Ich ... es tut mir leid«, doch er unterbrach sie: »Ach Quatsch, das kann doch jedem mal passieren.« Er grinste verschmitzt. Und zog sich den Reißverschluss der schwarzen Jacke bis zum Hals zu. »Hast du es sehr eilig oder auch Lust auf ein Eis? Ich wollte mir bei *Venezia* schnell eins holen, bevor ich zum Training gehe. Auch wenn meinem Trai-

ner gar nicht gefallen würde, wenn er wüsste, wie oft ich das mache ...« Er deutete auf die kleine Eisdiele, die sich auf der anderen Straßenseite befand und in den kalten Tagen nur noch wenig verkaufte. Lines Herz begann zu rasen. Wollte er sie reinlegen, saßen in dem Eiscafé jetzt alle anderen beliebten Leute aus ihrem Jahrgang, um sich gleich gemeinsam über sie lustig zu machen?
Seht doch, was für ein Zufall: Ich hab Line getroffen und offenbar meint sie ernsthaft, dass ich mit ihr ein Eis essen gehen würde.
Doch es war bereits zu spät, denn ihre Füße hatten sich entschieden, Bastian zu folgen. Beide schoben ihre Räder über die Straße.
Line hatte das Gefühl, dass ihr schwindelig war. Und zwar nicht von der Sonne. Sie beeilte sich, über die Straße zu kommen, und richtete den Blick auf Bastians Turnschuhe, trottete ihm blind hinterher.
Auf der anderen Seite lehnte er sein Fahrrad an den kleinen Gartenzaun, der die Eisdiele von dem schmuddeligen Nachbarhaus abtrennte.
Obwohl sie jeden Tag an diesem Eiscafé vorbeikam, war Line nie auf die Idee gekommen, sich ein Eis zu kaufen. Sie hatte einfach nie daran gedacht. Wahrscheinlich weil Jens seiner Tochter Anna sowieso jedes Eis verbot. Bastian drückte die Glastür auf, über der ein schäbiges Plastikschild mit kitschig geschwungenen Buchstaben hing. *Venezia, Dolce Vita für jedermann* stand da in ausgeblichenen Lettern.

Line huschte hinterher und war überrascht, wie hübsch es innen aussah. Die Wände waren ockerfarben gestrichen und große Tontöpfe mit mediterran aussehenden Pflanzen standen in den Ecken des fast quadratischen Raumes. »Ah, Signor Bastian«, rief der Italiener hinter der Glastheke. Vor ihm türmten sich verlockend die verschiedensten Eissorten in anmutigen Bergen.

Der junge Mann lachte und griff bereits nach einem Spachtel, den er in die weiche Masse aus braunem Eis tauchte. Mit gekonnten Griffen platzierte er eine große Portion in einer Waffel und krönte das Ganze mit weißem Eis und einem Häubchen Sahne. Bastian legte einen bereits abgezählten Betrag neben die Kasse, den der Italiener sofort ohne nachzuzählen annahm.

»Bitte schön«, sagte er und reichte dem Jungen das Hörnchen, »Haselnuss und Zitrone mit Sahne, extragroß.«

Bastian nahm es mit einer übertriebenen Geste entgegen, probierte es und tat mit rollenden Augen so, als würde er selbst dahinschmelzen. Dann lachten beide. Anscheinend waren sie bereits ein eingespieltes Team.

Jetzt wandte sich Bastian Line zu und leckte genüsslich an seinem Eis. Lines Herz begann wieder zu klopfen und sie zupfte sich nervös an den kurzen Haarsträhnen. Würde er sie jetzt verspotten? Sie auslachen, weil sie es gewagt hatte, ihm bis in das Café zu folgen?

Doch er deutete nur auf die Theke und meinte: »Das Eis hier ist einfach …«, er wandte sich dem jungen Italiener zu, »*delizioso.*« Der andere bedankte sich mit einer kleinen Verbeugung.

Schüchtern trat Line einen Schritt vor und heftete die Augen hinter der Brille krampfhaft auf die Auslage. Die vielen Sorten überforderten sie beinahe, bisher hatte sie immer nur zwischen Vanille und Schokolade entscheiden müssen. Eben die beiden Sorten, die Olga manchmal bei Aldi kaufte.

»Ich ... ähm ...«, sie wollte gerade schon *Vanille und Schokolade, bitte* sagen, schließlich würden die bekannten Sorten am ehesten einem Plan gleichkommen, dann entschied sie sich intuitiv anders.

»Yogurette und Wassermelone, bitte.«

»Zu Befehl, bella Signorina«, sagte der Verkäufer und schaufelte mit großer Geste Eis in die braune Waffel, während Line bei den Worten errötete. Rasch kramte sie in ihrer Tasche nach Kleingeld und bezahlte.

Sie drehte sich um und bemerkte, dass Bastian auf sie gewartet hatte. »Such dir einen Platz aus«, meinte er und wieder zögerte Line.

»Mach du«, sagte sie leise, doch er schüttelte den Kopf. »Ich bin ja jede Woche hier.«

Line sah sich nervös um. Bis auf zwei der kleinen silbernen Tische war nichts besetzt und sie steuerte wahllos einen Zweiertisch neben einem großen Blumentopf in einer Zimmerecke an.

Bastian folgte ihr und sie ließen sich mit ihrem Eis einander gegenüber nieder.

Dann schwiegen sie und Line versenkte die Zunge in der cremigen Masse. Sie war überrascht, wie fruchtig und doch schokoladig Eis sein konnte.

»Lecker!«, entfuhr es ihr und Bastian lachte.

»Wundert dich das?«, fragte er und knabberte an seiner Waffel. »Ich komme ziemlich oft hierher, weil es richtig gutes italienisches Eis gibt. Aber in ein paar Wochen geht die Winterpause los. Dann machen sie nur noch am Wochenende auf, das heißt, ich kann vor dem Training keine Eis-Energie mehr tanken.«

Line nickte nur und wusste nicht, was sie antworten sollte, blickte sich unsicher um. Ein großes Bild mit einer toskanisch anmutenden Landschaft dominierte das Lokal und obwohl es sehr kitschig war, gefiel Line die übertriebene Harmonie darauf. Sie riss sich davon los und schaute wieder auf ihr Eis. Konnte noch immer nicht fassen, dass sie jetzt hier saß, mit Bastian, in den sie schon so lange verliebt war.

Und vor allem: dass *er* hier mit *ihr* saß.

Ohne die anderen aus der Schule.

Ohne die Mädchen und Jungen, denen sie tagtäglich ausgeliefert war.

Nur ich und er.

Bis beide ihre Waffeln aufgegessen hatten, verloren sie kein Wort. Dann sagte Bastian: »Also, ich muss weiter. War nett, dass du mitgekommen bist und ich nicht allein hier rumsitzen musste.« Er lächelte noch einmal und erhob sich. Line sprang ebenfalls auf und beschloss, von jetzt an öfter mal einen Besuch in dem Café in ihren Plan einzubauen.

Sie traten grüßend durch die Tür und ein Glöckchen bimmelte leise.

Draußen empfing sie Kälte und Line stöhnte beim Gedanken an den Heimweg, so kurz er auch sein mochte, auf.

»Wir sehen uns in der Schule«, rief Bastian, der bereits zu seinem Fahrrad sprintete und sich auf den Sattel schwang. Er blickte gehetzt auf seine Armbanduhr und zuckte entschuldigend die Schultern. »Bin schon spät dran«, erklärte er, winkte und fuhr los.

Line blieb noch einen Moment stehen und ließ sich den Kopf durchblasen, in der Hoffnung, ein bisschen Klarheit zu gewinnen. Und um ihre roten Wangen abzukühlen.

Sie schob ihre Brille zurecht und sah noch ein letztes Mal zur Tür des unscheinbaren Eiscafés.

Aushilfe gesucht stand auf einem handschriftlichen Zettel, den jemand an die Innenseite der Glasscheibe geheftet hatte.

Dann schloss sie ebenfalls ihr Fahrrad auf und radelte langsam die Straße entlang.

Heute war ein guter Tag, entschied sie.

Vollkommen ungeplant, aber gut.

Noch 6 Tage

»*Auf Ehre, Prinz, die Welt ist doch ein ungeheuer weitläufiges Gebäude.*«
Ein schöner Satz, oder? Ich finde, dass Büchner ihn Verlerio aus Leonce und Lena *sehr passend in den Mund gelegt hat, denn er drückt all das aus, was wir oft nicht sehen können. Eben genau das, was unseren eigenen beschränkten Blick nicht erreicht.*
Ich habe diesen Satz gelesen, als ich gestern nach Hause kam und so erhitzt und aufgeregt war, dass ich sofort mein Orakel befragen musste, was es zu den neuen Ereignissen meint.
Ich habe gestern drei gute Dinge erlebt:
Ich bin zu der Therapeutin gegangen und das war gut.
Ich habe zufällig den Jungen getroffen, den ich mag, und mit ihm ein Eis gegessen und das war gut.
Und ich habe durch die Eisdiele einen vollkommen neuen Ort entdeckt und das war gut, denn wie gesagt: Die Welt ist ein weitläufiges Gebäude.
Das Bemerkenswerte daran ist: All das ist ganz ohne Plan geschehen.
Ich habe das Gefühl, endlich so etwas wie Leben in meiner Seele zu spüren und das fühlt sich … gut an.

Rede mit deiner Mutter über die Situation. Wenn sie versucht, dich zu verstehen, ist es besser, als damit allein zu sein. Das habe ich gemerkt, als ich die Therapeutin getroffen habe. Und noch etwas: Ich finde es bewundernswert und wichtig, dass du deiner Schwester helfen willst, aber zwing sie zu nichts und mach ihr keine Vorwürfe. Wenn sie krank ist, braucht sie Rückhalt.
Und jetzt freue ich mich schon, diesen Zettel hier zum Bach zu bringen und darauf zu warten, dass du mir antwortest. Ich habe das Gefühl, seit wir uns diese Briefe schreiben, ändert sich etwas ganz gewaltig in meinem Leben.
Zum Positiven.

Als Anton mit dem neuen Brief in sein Zimmer lief, spürte er, dass er jetzt nicht mehr warten konnte, er musste mit Vera reden. Die Unbekannte hatte ihm erneut vor Augen geführt, dass man etwas in seinem Leben ändern konnte, und er wollte, dass auch seine kleine Schwester diesen Anstoß bekam.
Er schmiss seine Joggingschuhe unter das Regal mit den Pokalen, die er im Laufe seiner kleinen Fußballkarriere bereits gewonnen hatte, und setzte sich an den Schreibtisch, um ein letztes Mal die Ausdrucke durchzusehen, die er für Vera vorbereitet hatte.
Innerhalb der letzten zwei Tage hatte er mit der Orga-

nisation in der Stadt und der Klinik hinsichtlich eines stationären Aufenthalts telefoniert und beide Anlaufstellen hatten ihm geraten, zunächst mit Vera zu reden und ihr ein Erstgespräch vorzuschlagen. Denn was beide Institutionen von vornherein klargemacht hatten, war, dass die Patientin sich selbst dazu bereit erklären musste, die Hilfe anzunehmen, um gegen ihre Erkrankung anzukämpfen.

Anton wischte sich den letzten Schweiß von der Stirn und blickte auf die blanke Stelle seiner Schreibtischplatte.

Der Papierstapel war nicht mehr da.

Er suchte unter dem Tisch, vielleicht war er runtergefallen, doch nichts! Auch unter seinem Bett lagen keine weißen Papiere und als er gerade nachsehen wollte, ob sie vielleicht im Müll gelandet waren, spürte er, dass jemand hinter ihm stand.

»Suchst du die hier?«, fragte die Stimme seiner Mutter energisch und er zuckte zusammen, wirbelte herum.

Da stand sie vor ihm, die Papiere in der Hand, das Haar vom Mittagsschlaf zerzaust, doch den weißen Arztkittel schon wieder auf den Schultern. Bald musste sie zur Arbeit.

Anton stand auf und streckte die Hand nach den Zetteln aus. »Ja«, meinte er knapp und ohne weitere Erklärung, sah ihr geradewegs in die Augen.

Ihr Gesicht wirkte missbilligend, die Mundwinkel waren nach unten verzogen.

»Ich hab sie in deinem Zimmer gefunden und ich möchte nicht, dass Vera davon erfährt.« Mariannes Worte waren unerbittlich.

»Wenn sie plötzlich für viele Wochen in der Schule fehlt, weil sie ihre Zeit in einer Klinik absitzt, dann fällt das nicht nur auf mich als Mutter zurück. Sondern vor allem auf mich als Kinderärztin.«

Anton starrte sie fassungslos an, die Hand noch immer nach den Ausdrucken ausgestreckt. Er konnte die Worte seiner Mutter nicht begreifen.

»Was hast du gerade gesagt?«, fragte er beinahe ungläubig und Marianne sah nicht einmal verschämt beiseite, als sie meinte: »Du hast mich schon verstanden. Meine Tochter braucht keine Klinik, sie muss einfach mal anständig essen. Und ich lasse mir den Ruf meiner Praxis nicht von dir ruinieren.«

Sie schüttelte den Kopf, als Anton nach seinen Papieren schnappte.

»Es geht nicht immer nur um dich«, brüllte er und die Erregung stieg ihm feuerrot ins Gesicht. »Vera ist krank. Ihr geht es echt mies, siehst du das denn nicht?! Sie ist gefangen in sich selbst, in ihrer eigenen Krankheit. Wann hast du sie zuletzt lachen sehen? Wann hat sie sich mit ihren Freunden getroffen?«

Er stieß Marianne beiseite und die Blätter fielen auf den hellen Teppichboden, ein weißer Stapel voll mit den Bemühungen für seine Schwester.

»Du wirst Vera keine Flausen in den Kopf setzen!«,

zischte sie und ihre Locken lagen nun wirklich zerzaust auf ihren Schultern.

»Was für Flausen?«, schwebte plötzlich ein leises Stimmchen in den Raum und da stand Vera: blass und farblos und dünn und so zart, dass der kleinste Windhauch sie umpusten könnte.

Anton atmete tief durch. Jetzt oder nie. Seine Mutter war hier, seine Schwester war eher unpassend in den Streit hineingeplatzt und doch schien dies der einzig richtige Moment zu sein, ihr endlich zu sagen, was er sich nun schon seit zwei Tagen vorgenommen hatte.

»Vera«, begann er und sie blickte ihn aus ihren tief liegenden Augen traurig an.

»Du weißt selbst, dass du krank bist. Und ich möchte, dass du wieder gesund wirst. Ich habe im Internet nachgesehen, was es für Möglichkeiten gibt.«

Er sah sie an und schwieg. Seine Mutter wollte zwischen die Geschwister treten, doch Vera schob sie mit ihrer spinnenfeinen Hand sanft zur Seite. Sie nickte und ihr dünnes Haar bedeckte ihre eingefallenen Wangen, sie rieb ihre immer-kalten Hände aneinander. Wahrscheinlich war sie eben schon wieder mit dem Hund spazieren gewesen. Auch ihre Nase leuchtete beinahe grotesk rot in dem weißen Gesicht.

»Ich weiß«, wisperte sie und trat ins Zimmer. Die Jeans schlackerte um ihre Beine, doch sie setzte sich nicht hin. »Ich habe gehört, wie du mit der Klinik telefoniert hast. Und ich habe den Internetverlauf gesehen, du hast dei-

nen Pfad und deine Suchbegriffe nicht gelöscht. Aber ich wollte warten, bis du selbst etwas dazu sagst.«
Sie deutete auf den Boden, wo die Papiere unordentlich verstreut lagen. »Sind die für mich?«, fragte sie und begann sie langsam aufzusammeln.
Überrascht betrachtete ihr Bruder sie, wie sie da am Boden hockte, ganz klein und kindlich. Sie hatte es schon vorher gewusst.
»Vera, Schätzchen«, schaltete sich jetzt Marianne ein und kniete sich neben ihre Tochter, »du musst doch nicht weg von zu Hause, um gesund zu werden oder dich mit einer fremden Person über deine Probleme zu unterhalten. Du hast doch mich.« Sie legte ihr eine Hand auf den knochigen Rücken und warf Anton einen warnenden Blick zu.
Vera hielt einen Moment in ihrer Bewegung inne, als habe man sie aus einem tiefen Schlaf geweckt. Ihre blauen Augen blickten klar in die der Mutter, als sie sagte: »Nein, habe ich nicht. Ich habe niemanden. Papa und du, ihr streitet, du triffst dich mit einem fremden Mann und Anton ist immer beim Training oder bei Nadine. Ich habe niemanden, verstehst du?«
Anton setzte sich auf den Fußboden, er war überrascht, wie viel Vera mitbekam, ohne sich je darüber zu äußern. Sie wusste von der Affäre.
Vera warf ihrem Bruder ein flüchtiges Lächeln zu. »Aber ein Stückchen Anton habe ich, glaube ich, doch.«

Vollkommen außer Puste lief Anton seine letzte Runde um den Trainingsplatz. Der Schweiß rann ihm den Rücken hinunter, aber immerhin war es sonnig und warm, denn heute hatten sie ausnahmsweise schon am Nachmittag mit dem Training begonnen. Seine Füße flogen über die Tartanbahn, er lief weit vorneweg, während seine Mannschaftskameraden einige Meter hinter ihm lagen. Er hörte zum ersten Mal seit Wochen die Vögel wieder zwitschern, das Blau des Himmels schien so intensiv, wie mit Farbe bepinselt.

Und zum ersten Mal seit langer Zeit spürte er so etwas wie Zufriedenheit.

Er schloss die Augen und joggte einige Meter blind, das Gesicht der Sonne entgegengereckt, während ein kleines Lächeln seine Lippen umspielte und seine sommersprossige Nase ein wenig krauszog.

Glücklich, das war ein schweres Wort, auch wenn es leicht zu sagen war. Aber dieser Augenblick, diese Minuten, die er hier um den grünen Fußballrasen lief, die Sonne im Gesicht, dann wieder im Nacken, das waren Momente, die er als glücklich bezeichnen konnte. Und er wusste auch, woran das lag: an der unbekannten Briefeschreiberin, die begonnen hatte, sein Leben zu verändern. Seine Schwester würde und wollte gesund werden, da war er sich ganz sicher. Und er würde nicht weiter tatenlos zusehen, sondern sie unterstützen, mit aller Kraft, die er zur Verfügung hatte. Wie konnte es sein, dass die kurzen Zettel der Fremden so viel in ihm auslösten, sein Leben in kleinen Schritten maßgeblich veränderten?

Er wusste nicht mehr, ob er Nadine noch liebte, noch lieben wollte.

Vielleicht war es genau das, was ihn überhaupt noch bei ihr hielt: die eigene krampfhafte Erwartung, dieses Mädchen lieben zu müssen. Um sich selbst zu gefallen. Und natürlich seinen Freunden.

Nadine erschien ihm so leer, so stumpf im Gegensatz zu den feinen Worten der Fremden, und der Wunsch, das Mädchen zu treffen, keimte langsam in ihm auf, eine zögerliche Neugierde.

In sein Ohr drangen nun die rhythmischen Schritte eines anderen und er öffnete die Augen, blickte zur Seite und sah Bastian, der ihn nun eingeholt hatte.

»Hey«, schnaufte sein Freund und passte sich seinem Lauftempo an. Vier Beine im Gleichtakt.

»Hallo«, gab Anton zurück und konzentrierte sich voll auf seine Füße, seine Beine, seine Muskeln, die sich so gut anfühlten.

»Nadine hat mir gestern erzählt, dass du dich nicht meldest«, sagte Bastian.

»Ich weiß«, antwortete Anton und versuchte, etwas schneller zu laufen als sein Freund. Nicht, um besser zu sein, sondern um jetzt nicht reden zu müssen.

»Aber warum?«, keuchte Bastian und holte wieder auf. Nur noch eine Runde auf dem roten Untergrund lag vor ihnen und jetzt liefen sie mit der Sonne im Rücken.

»Ich möchte nicht. Und sie meldet sich auch nicht bei mir«, gab Anton zurück, setzte zu einem letzten Sprint an. Seine Füße flogen, sein Herz raste und er schloss schmerzverzerrt die Augen, als er das Gefühl hatte, seine Lungen würden zerreißen. Dann war die letzte Runde vorbei und er begann, sich locker auszulaufen.
»Gut, Anton!«, schallte von irgendwoher die Stimme seines Trainers Ole.
»Ich möchte nur, dass zwischen euch alles gut ist. Nadine hatte es nicht immer leicht«, sagte Bastian und blieb stehen, um sich zu dehnen.
Anton wahrte einige Meter Abstand und tat es ihm nach.
»Ich kann jetzt nicht darüber reden«, sagte er und Bastian, der gerade zu einem weiteren Satz angesetzt hatte, verstummte. Anton war überrascht. Zum einen, weil er klar und deutlich gesagt hatte, dass er jetzt nicht über seine Freundin sprechen wollte, zum anderen, weil Bastian es so still akzeptierte.
»Weißt du, wen ich gestern zufälligerweise getroffen habe?«, schnitt Bastian rasch ein neues Thema an und wischte sich mit seinem Trikot das schweißnasse Gesicht ab. Anton schüttelte den Kopf und blickte ihn erwartungsvoll an.
»Line.«
Jetzt kamen auch die anderen heran und ließen sich auf den grünen Rasen fallen, vollkommen erschöpft und schweißgebadet, während die Sonne begann, sich lang-

sam zu neigen. Doch Anton blendete seine Kameraden vollkommen aus.

»Line? Meinst du die Außenseiter-Line?«, fragte er und grinste.

Bastian sah ihn ein wenig kühl an. »Nein, die Line, die mit der neuen Frisur echt toll aussieht. Ich habe nie verstanden, wieso du es für nötig hältst, sie immer so fertigzumachen.«

Anton zuckte zusammen. Die Worte trafen ihn. Er tat doch nur das, was alle taten: über das schüchterne Mädchen lachen. Er konnte nichts dafür, dass sie allgemein ein Opfer war. Und doch fielen ihm jetzt die Worte der Unbekannten ein. Sie hatte geschrieben, dass er vermutlich nie mit ihr reden würde, weil sie das war, was man eine Außenseiterin nannte. Und scheinbar hatte sie recht.

Anton fühlte sich auf unangenehme Weise ertappt.

Als sei das Mädchen ihm auf die Schliche gekommen, ehe er diesen Wesenszug selbst an sich entdeckt hatte.

»Aha«, murmelte er nur und wusste nicht, was er sagen sollte.

»Ja«, erzählte Bastian weiter, »ich glaube, sie ist zwar still, aber wir haben sie alle bisher einfach nicht gesehen. Und deshalb werde ich sie fragen, ob sie mit mir ins Kino gehen möchte. Weil ich gern wissen würde, wer sie ist.«

Bastians Worte waren vollkommen ruhig, als sei es das Normalste der Welt, dass ein beliebter Junge wie Bastian in Erwägung zog, sich mit Line zu treffen.

»Weißt du, ich versuche nämlich momentan hinter die Menschen zu schauen. Und ich hatte das Gefühl, dass du das zurzeit auch tust und mich verstehen kannst.«
Bastian sah ihn noch einmal an, dann schnappte er sich einen der Fußbälle, dribbelte damit auf die Wiese und versenkte das weiße Leder mit einem kraftvollen Schuss im Tor.

Als Anton sich am Abend frisch geduscht, das Handtuch noch über den Schultern hängend, an den Schreibtisch setzte, um den Brief an das fremde Mädchen zu schreiben, klopfte es zaghaft an der Tür.
Er drehte sich auf seinem Schreibtischstuhl um und erblickte Vera, die leise in sein Zimmer schlüpfte. Sie ertrank fast in dem dicken Vliespulli, den sie trotz der angeschalteten Heizung den ganzen Tag über trug. Sie hatte ihr Haar nach hinten gebunden, sodass ihre Wangenknochen noch schärfer hervortraten als sonst.
Antons Herz zog sich bei dem Anblick zusammen, doch er verkniff sich dieses Gefühl und lächelte sie an.
»Ich wollte nur sagen«, meinte Vera beinahe vorsichtig, »dass ich gern in die Klinik möchte, die du mir rausgesucht hast. Ich habe angerufen und einen Termin für ein Erstgespräch bekommen.«
Schnell drehte sie sich um, fluchtartig fast, als schäme sie sich ihrer Worte und schloss die Tür. Doch kurz

bevor sie ganz zu war, öffnete sie sie noch einmal und schob ihr schmales Gesicht durch den Spalt.
»Danke«, hauchte sie.

Noch 5 Tage

Weißt du, was mich glücklich macht?
Dass meine Schwester in eine Klinik gehen möchte, um gesund zu werden. Dass heute die Sonne geschienen hat. Und dass du mir schreibst. Jeden Tag freue ich mich auf den Zettel, den ich am Bachufer finde. Das wollte ich nur mal sagen.
Für mich hatte dieser Ort nämlich bis vor Kurzem eine völlig andere Bedeutung als jetzt. Es ist die Stelle, an der ich meine Freundin zum ersten Mal geküsst habe, an der wir zusammengekommen sind.
Schon komisch, denn inzwischen ist mir dieser Platz als mein »persönlicher Briefkasten« viel wichtiger geworden, als er es vorher durch meine Freundin war. Und ich schäme mich, das zu schreiben.
Geht das überhaupt?
Kann eine mir vollkommen unbekannte Person so viel in mir auslösen, wie es bei dir der Fall ist? Ich weiß nicht, ob das gut ist, aber ich weiß, dass du meinem Leben guttust.

»Ähm … ich nehme … Pistazie und Walnuss … nein doch besser Champagner und Ananas … oder Wassermelone und saure Sahne …?«

Der Italiener hinter der kitschig anmutenden Theke lachte und seine weißen Zähne blitzten fast so hell wie das Zitroneneis hinter der vor Kälte beschlagenen Scheibe.

Line wurde rot und senkte den Blick auf die vielen Eissorten hinunter. So viel, was in ihrem Leben neu war.

Die Aufmerksamkeit eines Jungen, kurze gefärbte Haare, das Selbstbewusstsein, sich auf eine Kinoeinladung einzulassen und eine Menge Eissorten, die es zu testen galt. Ein Kosmos außerhalb ihrer toten Tage, ihrer Ängste, ihrer Familie, ihres sich immer wiederholenden Alltags.

»Signorina«, meinte der nette Verkäufer gespielt tadelnd und deutete auf den dicken Jungen mit dem Hund an der Leine, der hinter ihr stand und ungeduldig auf- und abwippte. »Ich habe eine Idee: Ich suche dir zwei Sorten aus, so lecker, dass dir Hören und Sehen vergeht. Und du kannst raten, was du im Mund hast.«

Line nickte erleichtert. Sie hasste Entscheidungen. »Das ist gut«, sagte sie und das kleine Lächeln ließ ihr sonst so wolkiges Gesicht ein wenig strahlen.

Der Italiener winkte den Jungen rasch heran und nahm seine Bestellung auf. Der Kleine holte für sich und für seinen Hund, wie Line leicht entsetzt bemerkte, ein Eis, ehe er das Café sofort wieder verließ.

»Setz dich schon mal hin. Ich bringe dir gleich deine Köstlichkeit.« Der Verkäufer zwinkerte Line zu und deutete in das leere Café. »Du hast die Wahl!«

Line schluckte. Das letzte Mal, als sie vor zwei Tagen hier gewesen war, hatte Bastian sie auch einen Platz aussuchen lassen. Sie betrachtete die silbernen Tischchen, die ockerfarbenen Wände, das große Bild, das jemand künstlerisch an die Wand gepinselt hatte. Dass außer ihr kein einziger Kunde hier war, fiel ihr erst jetzt auf. Sie hatte wirklich die freie Wahl.

Line wollte bereits erneut zu einem der hintersten Tischchen am Rand, noch hinter den Grünpflanzen zusteuern, als sie es sich anders überlegte.

Sie hatte gemerkt, dass ein Leben ohne einen großen Plan und mit neuen Ideen auf eine ganz interessante Art aufregend war.

Schöner.

Sie ließ sich am allerersten Tisch, mitten in dem kleinen Café nieder. Wenn jemand durch die Tür käme, würde er sie als Erstes sehen. Kein Verstecken mehr.

Übermorgen konnte sie sich auch nicht verstecken.

Niemals hätte sie für möglich gehalten, was heute passiert war, niemals. Geträumt, ja, wenn sie es sich zugestanden hatte, natürlich auch gehofft, aber niemals erwartet.

Nach der Mathestunde hatte sie etwas länger gebraucht als die anderen. Eigentlich hatte sie die Zeit absichtlich hinausgezögert, da ihr Lehrer den Unterricht bereits zehn Minuten früher beendet hatte und ihr Zeitplan aber verlangte, dass sie erst um Punkt zwölf Uhr dreißig in die Mensa gehen würde, um sich die Spaghetti mit Ricotta zu holen.

Also wartete sie.

Der Raum hatte sich bereits geleert, sie war die Letzte, die an einem der weißen Plastiktische saß, als von hinten noch eine andere Person angeschlendert kam. Sie hörte an den schweren Schritten, dass es sich um einen Jungen handeln musste und blickte krampfhaft aus dem Fenster. Hoffentlich war es nicht Anton, dessen spitze Bemerkungen ihr wehtaten, auch wenn sie sich das selbst nicht immer eingestehen mochte.

»Line«, sagte der Junge und ließ sich neben ihr nieder. Der Stoff seiner schwarzen Jacke raschelte und natürlich wusste Line in diesem Moment, wer sich da zu ihr gesetzt hatte. Ihr Herz begann zu rasen und sie spürte, wie ihre Wangen heiß wurden.

»Bastian«, sagte sie und knetete nervös ihre Hände.

»Geht's gut?« Wie unbeholfen das klang. *Geht's gut.*

Ob er ihr anhörte, dass diese Worte eigentlich gar nicht in ihren Mund passten? Dass sie sie sonst nicht gebrauchte, weil sie keine Verwendung für sie hatte?

Doch er ließ sich nichts anmerken und seine dunklen Augen lachten mit, als er sie anlächelte. »Ich hoffe, du bist neulich gut nach Hause gekommen«, meinte er dann und packte sein Schulbrot aus. Wollte er jetzt etwa die ganze Pause lang neben ihr sitzen bleiben?

Sie blickte ihn scheu an und lächelte zurück. »Na klar«, erwiderte sie und zwang sich, die Hände zwischen ihren Knien zusammenzupressen, um nicht dauernd mit ihren Fingern zu spielen.

Bastian biss in sein Brot. Nach einer Weile meinte er: »Ich fand es wirklich nett mit dir, wenn auch ein bisschen kurz. Schade, dass wir vorher nie etwas miteinander gemacht haben.«

»Ich hatte bisher nicht das Gefühl, dass du dich für mich interessierst«, entfuhr Line ihr plötzlicher Gedanke und sie schlug sich die Hand vor den Mund. Sie war so explosiv wie nie zuvor in ihrem Leben, sie verlor die Kontrolle über das, was sie tat und sagte.

Unangenehm.

Im ersten Moment.

Und seltsam, dass es ihr in letzter Zeit so häufig passierte. Seit sie die Briefe an den fremden Jungen schrieb. Bastian klopfte ein wenig beschämt mit den Knöcheln auf der Tischplatte herum.

»Ja ...«, meinte er dann gedehnt. »Glaub mir, das tut mir auch wirklich leid. Aber ich würde dich gern kennenlernen und ich bin sicher, das wollen die anderen eigentlich auch.«

Line wandte den Blick aus dem Fenster und musste die aufsteigenden Tränen unterdrücken. Sie wusste selbst, dass seine Worte leer waren, heiße Luft. Wieso sollten andere sie auf einmal akzeptieren, wenn sie es jahrelang nicht getan hatten?

Und wieso sollten sie das tun, wenn Line es nicht mal selbst richtig konnte?

»Vielleicht«, murmelte sie und beobachtete einige spielende Kinder draußen auf dem Schulhof.

»Jedenfalls«, meinte Bastian und hob seine Stimme bei diesen Worten leicht an, »wollte ich dich fragen, ob du Lust hast, mal irgendwas mit mir zu unternehmen.«

Line fuhr herum und musste wohl ziemlich entsetzt geguckt haben, denn Bastian lachte. »Sei doch nicht so überrascht!«, meinte er und packte sein Brot wieder weg. »Hast du Lust noch mal Eis essen zu gehen? Oder ins Kino?«

Lines Gedanken drehten sich im Kreis. Wahrheit? Lüge? Vorschlag? Eis? Wahrheit? Lüge? Kino?

Sie konnte nicht einordnen, was in ihr vorging.

»Kino wäre toll«, meinte sie dann, während ihr Kopf weiterschwirrte wie ein Schwarm Mücken.

Bastian grinste. »Sehr schön. Ich freu mich!« Er stand auf und deutete entschuldigend auf die Uhr. »Tut mir leid, ich muss noch mal wegen meiner Facharbeit in Deutsch los. Wie wär's mit morgen Abend?«

»Übermorgen«, platzte es aus Line heraus und sie stand ebenfalls hastig auf, um sich in der Mensa noch ihre geplanten Spaghetti mit Ricotta zu holen.

Anton lächelte. »Okay.«

Als sie wenige Minuten später in der Schlange wartete, allein, mit dem Tablett in der Hand, griff sie wie selbstverständlich nach dem Kartoffelauflauf.

Übermorgen.

»So, Signorina«, riss sie eine freundliche Stimme aus ihren Gedanken und ehe sie sich wehren konnte, legte ihr der nette Kellner ein Tuch um die Augen, sodass alles um sie herum schwarz wurde. »Jetzt geht's los!«
Einen Moment lang wusste Line nicht, wie ihr geschah, dann spürte sie, dass der junge Mann ihr einen Löffel mit Eis an den Mund hielt. Zaghaft öffnete sie die Lippen und probierte.
Eine gewaltige Explosion an Frische und Fruchtigkeit breitete sich auf ihrer Zunge aus und sie schob das kühle Eis ein wenig hin und her, bis es zu einem süßen Nektar schmolz.
»Mango«, murmelte sie dann, »es könnte Mango sein.«
»Fast«, lachte der Italiener und drückte ihr ein Glas Wasser in die Hand, damit sie ihre Geschmacksnerven neutralisieren konnte. »Papaya.«
Dann reichte er ihr den nächsten Löffel und diesmal war der Geschmack schwerer, die Konsistenz cremiger.
»Nougat?«, riet Line und der Kellner applaudierte.
Sie wollte schon die Augenbinde herunterreißen, als er ihre Hand noch einmal sanft nach unten drückte und ihr eine dritte Kostprobe reichte. »Die geht aufs Haus«, schmunzelte er und Line probierte erwartungsvoll, zerbiss die kleinen Schokostückchen, die herb und bitter waren und einen perfekten Kontrast zu dem zuckrigen Eis bildeten. »Das ist leicht«, antwortete sie lächelnd, »Stracciatella.«
Jetzt nahm sie das Tuch ab und der junge Mann ließ

es zu. Vor ihr stand ein kleines Glasschälchen mit drei perfekt gespachtelten Hügeln. Er hatte mit Schokosoße einen Smiley auf das Eis geträufelt, der sie nun etwas verlaufen und schief angrinste.

Trotz des kalten Eises durchfuhr Line ein warmes Gefühl und jetzt mochte sie das kleine Café noch viel lieber als zuvor.

Doch wenn sie Eis essen wollte, brauchte sie Geld. Und viel Geld hatte sie nicht, besonders weil sie ja in zwei Tagen ins Kino gehen wollte. Plötzlich durchfuhr sie ein Gedanke und das Schild *Aushilfe gesucht*, das in der Glastür der Eisdiele klebte, kam ihr in den Sinn.

Der Kellner war bereits zurück hinter die Theke gegangen. Line lief zögernd zu ihm, das Eis ließ sie so lange stehen. Die Fliesen unter ihren Füßen glänzten, rasch hob sie den Kopf.

»Ist ... sucht ihr immer noch eine Aushilfe?«, fragte sie.

Der Kellner blickte sie freundlich an. »Klar, für zwei Nachmittage in der Woche und für Sonntagvormittag. Wenn bald die Winterpause anfängt Samstag und Sonntag. Hast du Interesse?«

Line nickte und bemühte sich, nicht wie so häufig den Blick zu senken. Es gelang.

»Hast du morgen Zeit? Komm doch zum Probearbeiten vorbei«, schlug er vor und nahm sich ein schmutziges Glas, um es in die Spülmaschine zu räumen.

Line nickte. »Wann soll ich da sein?«

»So ab drei wäre gut. Du kannst es ja mal versuchen,

und wenn es dir gefällt und alles klappt, hast du den Job.«

Er zeigte noch einmal sein Zitroneneislachen und zwinkerte.

»Pass auf, dass dein Eis nicht schmilzt«, meinte er dann und Line lächelte zurück.

Sie schwebte förmlich an ihren Platz und genoss das bisher überraschendste Eis ihres Lebens.

In vollen Zügen.

Noch 4 Tage

Ja, eine unbekannte Person kann *so viel auslösen.*
Weil sie fremd ist, weil sie geheimnisvoll ist, weil wir sie anfüllen können mit den schönen Eigenschaften des Lebens, wie ein leeres Glas mit bunten Murmeln. Wenn wir die andere Person nicht kennen, ist es leichter. Obwohl ich zugeben muss: Du machst mich inzwischen schon beinahe so neugierig, dass ich zu gerne hinter das Geheimnis meines Brieffreundes kommen würde, aber ich weiß, dass es auf diese Art besser ist. Nur so kann ich ehrlich sein, nur so meine Gefühle ausdrücken, ohne Angst zu haben, zurückgewiesen zu werden.
Ja, eine unbekannte Person kann *so viel auslösen.*
Weil ich das im Moment erlebe. Weil du bei mir all das hervorrufst, was ich seit Jahren, wenn nicht mein ganzes Leben lang, schon vermisst habe.
Heute habe ich ein Reclam-Gedichtbuch gezogen, als ich mein tägliches Orakel hören wollte.
»Sei, was du bist, gib, was du hast« war die Zeile, die Rose Ausländer in dem Gedicht Noch bist du da *schreibt.*
Passt das nicht auch auf uns?
Wir müssen lernen, einfach die Menschen zu sein, die

wir sind. Denn dann können wir auch anderen geben, was wir zu geben fähig sind. So wie wir beide das tun. Oder?

Der Vorhang raschelte verheißungsvoll und Anton blickte auf. Wie lange saß er jetzt schon vor der schmalen Umkleidekabine des aufwendig eingerichteten Bekleidungsgeschäfts, während der spannendste Moment seit Stunden lediglich der war, in dem Nadine hinter dem beigen Stoff hervortrat, immer in eine neue Robe gehüllt und immer einen unzufriedenen Ausdruck im Gesicht.
»Du siehst toll aus!«, sagte er im gleichen Tonfall, mit dem er auch das silberne Kleid davor gelobt hatte. Und das schwarze. Und das himbeerfarbene.
Jetzt steckte Nadine in einem etwas zu engen roten Outfit, dessen spitzenbesetzte Schleppe ihre Füße umspielte. Der Stoff schmiegte sich hauteng um ihre Kurven und verbarg keine einzige ihrer weiblichen Konturen.
»Hinreißend, atemberaubend«, lispelte die Verkäuferin, die in ihrem schicken Kostüm um Nadine herumwuselte und hier und da an dem Dress zupfte, ohne auch nur die geringste Veränderung hervorzurufen. Seitdem die beiden den Laden betreten hatten, war die ein wenig zu stark geschminkte Frau mit dem grell gefärbten eisgrauen Haar nicht mehr von ihrer Seite gewichen

und überschlug sich bei jedem der sündhaft teuren Kleider, in denen Nadine aus der Umkleide schwebte, vor Komplimenten.

»Wirklich, ganz ausgezeichnet!«, rief sie begeistert und blickte über ihre Lesebrille hinweg mit professioneller Miene an Nadine herab. »Ich habe selten eine solche Figur gesehen, wie Sie eine haben. Mit Verlaub, Sie können einfach alles tragen!«

Nadine verzog kritisch die Stirn und wandte sich einem der großen gold umrahmten Spiegel zu, die an den weiß getünchten Wänden der Boutique hingen. Der kleine Laden war bis auf die vielen Kleider, die an den perfekt proportionierten Puppen und goldenen Stangen hingen, sowie einem kitschigen Tresen, auf dem eine altmodische Kasse stand, leer. Die Inhaberin auf ihren hohen Schuhen konnte sich ihnen als einzigen Kunden widmen.

»Ich weiß nicht«, meinte Nadine kritisch und zupfte an dem roten Stoff, der unter ihren Armen etwas zu kneifen schien, »sehe ich darin nicht irgendwie aus wie eine Wurst in der Pelle?«

»Aber überhaupt nicht!«, widersprach die Dame vehement und schüttelte die perfekt gelegte Frisur, schien sich beinahe aufzuplustern. »Im Gegenteil, es ist ungeheuer weiblich!«

»Ach ja?« Nadine schien nicht wirklich überzeugt und betrachtete skeptisch ihr Spiegelbild. »Jetzt sag du doch auch mal was!«, fuhr sie Anton an, der auf einem kleinen mit geblümtem Stoff bezogenen Hocker saß und die ganze Prozedur nun schon seit mindestens sieben oder acht Kleidern erleben musste.

»Ich habe doch gesagt, dass du toll aussiehst. So wie in jedem Kleid«, seufzte er und stützte erneut den Kopf auf. Eigentlich hatte er später noch zum Training gehen wollen, aber das würde er heute wohl nicht mehr schaffen.

»Ja, aber du guckst gar nicht richtig hin«, beschwerte seine Freundin sich und drehte sich demonstrativ zu ihm um. In ihrem Gesicht entstanden zusehends rötliche Flecke, wie immer, wenn sie langsam, aber sicher in Rage geriet.

Ein Warnsignal.

»Natürlich schaue ich hin«, meinte Anton beschwichtigend und erhob sich. Die Verkäuferin starrte die beiden neugierig an, war aber geflissentlich einen Meter zurückgetreten. Er wollte auf Nadine zugehen, doch sie hob abwehrend die Hände. »Du interessierst dich doch gar nicht für mich. Oder für uns. Schließlich ist es *unser* Abiball und ich will, dass alles perfekt ist!«

Anton seufzte innerlich erneut auf, verkniff sich jedoch, seine Langeweile nach außen zu tragen. Nadine tat geradewegs so, als habe sie ihn nicht bis vor wenigen Stunden noch fast vollkommen ignoriert. Demütigend war es gewesen, dass seine Freundin weder vor den gemeinsamen Klassenkameraden noch vor seinen Kumpels mit ihm geredet hatte. Erst seitdem sein Tele-

fon zu Hause geklingelt hatte, redete sie wieder mit ihm. Mit weicher Stimme, als wäre nichts gewesen, hatte sie gefragt, ob er sie nicht in die Nachbarstadt fahren könne, um dort in einer exquisiten Boutique das Kleid für ihren Abiball zu kaufen. Und er hatte gewohnheitsmäßig Ja gesagt, zu schnell eigentlich, denn als er tiefer in sich hineingefühlt hatte, bemerkte er sofort, dass er gar keine Lust darauf verspürte.
Nicht die geringste.
Und er wusste, hätte er nur einen Moment länger nachgedacht, hätte er sich besonnen und an die Briefeschreiberin gedacht. Und dann hätte er Nein gesagt. Und damit ihr Verhältnis endlich geklärt.
Doch nun hockte er hier in diesem Laden, umgeben von schweineteuren Kleidern aller Farben, Formen und Muster.
»Hörst du mir eigentlich zu?«, keifte Nadine, nachdem er nicht geantwortet hatte.
»Ich …«, begann Anton und suchte nach einer Antwort, die sie beruhigen würde. »Ich finde, du siehst in jedem Kleid gut aus. Es ist nicht wichtig, was du trägst.«
Nadine funkelte ihn an und ballte die Hände zu Fäusten. Die roten Flecken breiteten sich nun auch in ihrem Dekolleté aus, das durch das Kleid fast zu verführerisch nach oben gepresst wurde.
»Egal, was ich trage?!«, kreischte sie und stampfte mit dem Fuß auf dem Fischgrät-Parkett auf, soweit es der rote Schlauch, der ihre Beine fesselte, zuließ. Die Ver-

käuferin zuckte bei ihrer hohen Stimme zusammen und zwinkerte nervös. Sie nahm die Brille ab und begann auf dem Bügel zu kauen.

Nadine fuhr herum, das Haar klatschte ihr ins Gesicht wie lange blonde Algen und sie rauschte zurück in die Umkleidekabine.

»Weißt du was?«, rief sie, während sie sich, den Geräuschen nach zu urteilen, das Abendkleid vom Körper riss. Die grauhaarige Dame verzog beinahe schmerzvoll das Gesicht, als der Stoff zu Boden fiel und achtlos liegen gelassen wurde.

»Du bist mir langsam auch egal! Du interessierst dich einfach nicht für mich!« In ihrer Erregung stieß sie heftig gegen den Vorhang. Anscheinend schlüpfte sie zurück in ihre Jeans und die Bluse.

Ein wenig hilflos und entschuldigend blickte Anton die Verkäuferin an. Es war ihm peinlich, dass Nadine solch einen Aufstand machte, aber noch viel mehr ärgerte ihn, dass er ihre Launen nicht nur ertrug, sondern auch noch mitmachte. Früher hätte er alles getan, um ihre Zuneigung zurückzubekommen. Jetzt aber merkte er einfach nur, dass dieses Mädchen ihm nicht mehr wichtig war, dass er Distanz zu ihr wollte. Und zwar große.

Nur wenige Sekunden später zerrte Nadine den Vorhang beiseite. Sie atmete heftig, ihr Gesicht war fleckenübersät und ihr blondes Haar zerzaust wie Stroh. In der Hand hielt sie das zusammengeknüllte teure Kleid.

»Soll ich abkassieren?«, fragte die Dame vorsichtig und

verzog den rot bemalten Mund zu einem professionellen Lächeln. Doch Nadine schnaubte nur und packte Anton am Jackenärmel.

»Komm!«, raunzte sie und zerrte ihn aus der Glastür. Überrascht sah ihnen die Inhaberin nach, als Nadine die Tür hinter ihnen zuschlug.

Auf der Straße zog sie ihn vor sich.

»Was denkst du eigentlich, wer du bist?«, fuhr sie ihn gegen den Lärm der Hauptstraße an. Der Himmel war grau und nur wenige Menschen passierten den asphaltierten Bürgersteig, sodass sie kaum jemand beachtete. Und dann spürte Anton plötzlich und so unvermittelt wie ein kurzer Regenguss, wie Nadines Hand auf seiner Wange landete. Es tat nicht weh, dafür schlug sie nicht kräftig genug zu, doch ein leises Klatschen verriet ihm, dass es eine ernst zu nehmende Ohrfeige gewesen sein musste. Erst war er viel zu perplex, um zu reagieren. Schreien, Kreischen, Keifen, ja, sich versöhnen, wieder zärtlich sein und dann wieder schreien. Das kannte er. Aber nie, niemals hatte sie ihn geschlagen.

Er sah ihr in die blauen Augen.

Dann drehte er sich um.

Und ging.

Noch 3 Tage

Ich habe es getan. Ich habe mich von ihr getrennt.
Nein, getrennt ist das falsche Wort. Ich bin einfach gegangen und habe mich losgelöst. Trennen klingt so, als ob man zwei ineinanderpassende Teile gewaltsam auseinanderreißt, als ob man mit der Schere ein Stück Stoff teilt oder ein Puzzle auseinanderbricht.
Bei mir war es eher so, als würde ich mich endlich freischwimmen und von der Strömung genau dort hingetrieben werden, wo ich hinwollte.
Also habe ich mich in mein Auto gesetzt und bin direkt zum Bach gefahren, um deinen Brief zu holen.
Was mit meiner Freundin, nein, Exfreundin passiert ist, nachdem ich sie einfach habe stehen lassen?
Ihr Vater hat mich am Abend empört angerufen, weil sie die Bahn aus der Nachbarstadt nehmen musste. Und eine Stunde am Bahnhof warten musste. Allein.
Irgendwie hat mich das gefreut, und als ihr Vater mir den Umgang mit seiner Tochter verboten hat, konnte ich nicht anders, als einfach nur zu lachen, mich zu bedanken und aufzulegen. Oh Mann.
Ich dachte ja immer, wenn wir nicht mehr zusammen sind, würde ich meine ganze Identität verlieren.

Aber komischerweise fühle ich mich endlich mal frei. Nichts ist festgelegt. Ich weiß nicht, mit wem ich die Wochenenden verbringen werde, mit wem ich zum Abiball gehe und wessen Hand ich das nächste Mal im Kino halten werde. Und irgendwie tut das gut.
Ist das schlimm?

Ihre Hand glitt langsam in die Popcorntüte, während sie wie gebannt auf die Bilder der Leinwand starrte. Keinen Ton hatte sie bisher von dem Geschehen mitbekommen, keine Szene wirklich verstanden und doch war sie der Meinung, dass es der beste Film war, den sie je gesehen hatte. Oder lag es daran, dass sie, dicht in das rote Polster des kleinen Kinos gedrückt, neben Bastian saß, der ab und an laut loslachte und sie anschaute, um zu sehen, ob sie sich auch amüsierte? Schnell setzte sie dann ein Grinsen auf und tat so, als habe sie genau mitbekommen, welche dumme Sache dem Protagonisten da vorne auf der Leinwand zuletzt passiert war.
Die Tüte raschelte und Line hielt die Hand vorsichtshalber still, um die wenigen Gäste der Vorstellung nicht zu stören. Doch bei dem lauten Gelächter der vorderen Reihen war das unnötig.
Wie aufgeregt sie gewesen war, als Bastian und sie sich vor dem Eingang getroffen hatten. Zuerst hatte sie gedacht, er wolle in das große Kino in der Innenstadt

gehen. Irgendeine amerikanische Kette, doch zu ihrer Überraschung hatte er sie in der Schule gebeten, zu dem kleinen Programmkino im Hauptbahnhof zu kommen. Urgemütlich war es in dem Saal mit dem riesigen Kronleuchter und den leicht schmuddeligen Wänden. Seit den 50er-Jahren hatte es hier keine wirklichen Neuerungen gegeben, sodass der Charme des vergangenen Jahrhunderts noch immer an den schweren Samtvorhängen und dichten Sitzreihen hing.

Wie selbstverständlich hatte er sie dort empfangen, bereits die Kinokarten in der Hand. Er hatte ihr die Tür aufgehalten und sie hatte kaum gewusst, wo sie hinschauen sollte, als er ihr die Jacke abnahm und dann für sie beide auch noch das Popcorn kaufte.

Und jetzt saßen sie hier, schweigend nebeneinander, lachend, sich ab und an Blicke zuwerfend, dann wieder lachend.

Plötzlich zuckte sie beinahe zurück. Elektrisiert zitterten ihre Finger, die eben die seinen berührt hatten.

»Entschuldigung«, murmelte sie errötend und wusste kaum, wo sie hinsehen sollte, zog blitzschnell ihre Hand aus der Popcorntüte zurück, in die auch seine Finger gefahren waren. Doch Bastian winkte nur ab und warf sich eine Handvoll warmes Popcorn in den Mund.

Lines Atem beruhigte sich wieder. Fieberhaft überlegte sie, wie sie ihm nach dem Film am besten das Geld für die Karte zurückgeben sollte, und ärgerte sich im selben Moment, dass sie schon wieder zu planen begann, ohne

sich auf die Handlung einlassen und diese genießen zu können.
Sie lebte immer einen Schritt voraus.
Und nie im Hier und Jetzt.
Immerhin würde das Geld kein Problem darstellen: Sie hatte gestern in der Eisdiele beim Probearbeiten schon einen kleinen Lohn für die Stunden am Nachmittag erhalten, in denen sie ausgeholfen hatte. Viele Kunden waren es nicht gewesen und die Kaffeemaschine war einfach zu bedienen, sodass Francesco, der Verkäufer, der ihr das Überraschungseis am Tag zuvor serviert hatte, ihr nur ein Mal die Funktion hatte erklären müssen. Die alten Damen, die nach Cappuccino und verschiedenen Eisbechern verlangt hatten, waren sogar so freundlich gewesen, ihr beim Servieren ein Trinkgeld zuzustecken. Und das, wovor sie am meisten Angst gehabt hatte, das richtige Herausgeben des Rückgeldes, war ebenfalls problemlos verlaufen.
Am Ende ihres Tages hatte sie sich gut gefühlt.
Sie hatte die Kunden angelächelt, kein einziger Eisbecher war misslungen und niemand hatte sich beschweren können. Was wollte sie mehr?
Ein kleines Lob vielleicht.
Und das hatte Francesco ihr gegeben. Mit der Bitte, sich doch zu überlegen, ob sie nicht wirklich stundenweise im Café aushelfen wollte.
Sie überlegte nicht.
Sie wollte.

Beim Gedanken daran, jetzt einen eigenen Job zu haben, eigenes Geld zu verdienen und das so unverhofft und spontan, so schnell und ungeplant, versetzte sie immer noch in leichte Euphorie.

Als sie abends heimgekommen war, hatte es wieder nach Fleisch gerochen. Ein Zeichen, dass Jens zu Hause war. Es war Dienstag.

Da war sie gleich wieder gegangen, hatte Anna geholt und für sie beide eine Pizza gekauft.

Als sie gegen neun zurück waren, hatte ihr Vater gewütet und getobt, weil sie nicht zu erreichen gewesen waren und ihre Mutter hatte verängstigt in der schmuddeligen Küchenecke gestanden. Der Hackbraten auf dem Küchentisch war nur von einer Person angerührt worden und Line fiel es nicht schwer zu erraten, von wem.

»Wo seid ihr gewesen?!«, hatte er gebrüllt, mit funkelnden Augen, die schmalen Lippen bebend und der Hals bereits rot angelaufen. »Eure Mutter hat sich Sorgen gemacht! Wie könnt ihr so mit uns umgehen?« Da hatte es Line leidgetan, denn es stimmte, sie wusste, wie schnell Olga sich ängstigte, doch das Gefühl hatte rasch nachgelassen. Anna, die kleine, dicke, fröhliche Anna, die eben noch solchen Spaß mit dem Aquarium in der Pizzeria gehabt hatte, war sofort zusammengesackt und hatte sich an Lines Beine geklammert.

Und dann waren sie hoch in ihr Zimmer gegangen, ohne noch etwas zu sagen.

Die zwei Schwestern.

Hatten sich in ein Bett gekuschelt und waren eingeschlafen.

Jetzt erst bemerkte Line, dass der Abspann bereits lief. Bastian blickte sie erwartungsvoll an und griff nach seiner Jacke. Er grinste. »War gut, der Film, oder?«, meinte er und seine dunklen Augen glänzten.

»Ja, stimmt«, murmelte Line, doch sie lächelte zurück und griff nach der leeren Popcorntüte, in der Hoffnung, er würde sie nicht näher zu der Handlung befragen, denn sie hatte bis zum Ende nicht wirklich etwas davon mitbekommen. Bastian deutete zum Ausgang. Die Lichter im Saal wurden hell und das Kino verlor seinen Zauber, den es nur in der Dunkelheit entfalten konnte. Die lauschigen Sitze wurden beleuchtet, die verhüllten Wände erkennbar und die Leinwand, auf der eben noch die Figuren getanzt hatten, blieb grau und leer zurück. Bastian quetschte sich durch die engen Reihen und wartete, bis auch Line sich an den dicken Polstern vorbeigekämpft hatte. Dann trat er durch die Tür in den kleinen Vorraum und steuerte auf die Garderobe zu, um Lines Mantel zu holen. Er half ihr höflich hinein und sie wusste erneut nicht, wie sie reagieren sollte.

»Danke«, murmelte sie und bemühte sich, ihn anzublicken. Dann schlug sie sich mit der Hand gegen die Stirn und kramte in ihrer Tasche, bis sie das Geld für die Kinokarte gefunden hatte, doch Bastian winkte ab, als sie es ihm entgegenstreckte.

»Lass mal«, meinte er und hielt ihr die Tür auf.

151

Ein eisiger Windstoß empfing die beiden, als sie hinaus auf die Straße traten. Der Nachmittag hatte sich bereits in den Abend geneigt und der Mond stand nun blass am Himmel, während die Autos in der Dämmerung begannen, ihre Scheinwerfer einzuschalten und mit ihren weißen Lichtkegeln an ihnen vorbeirauschten.

Line atmete tief durch.

Kalte Luft durchfloss ihre Lungen wie ein eisiger Fluss.

»Warum hast du mich ins Kino eingeladen?«, fragte sie dann. Die Worte waren ihren Lippen schneller entschlüpft, als sie es beabsichtigt hatte.

Doch ihre roten Wangen würde er bei der Dunkelheit unmöglich bemerken.

Bastian blickte sie tief an. Plötzlich nahm er ihre Hände in seine.

»Weil ich dich gesehen habe. Zum ersten Mal habe ich dich gesehen.«

Und dann küsste er sie. Beugte sich einfach nach unten und drückte seine Lippen auf die ihren. Sie spürte das warm pochende Blut seines Mundes, seine Hände hielten ihren Rücken und sein Haar kitzelte ihre Nase.

Es war nicht unangenehm und trotzdem hatte Line sich den ersten Kuss tausendmal schöner vorgestellt.

Zum ersten Mal habe ich dich gesehen.

Vielleicht hatte sie zu häufig an diesen utopischen Kuss gedacht, sich zu oft nach ihm, nach Bastian gesehnt, sodass die Realität niemals an ihre Träume heranreichen konnte, vielleicht war es aber auch dieser Satz.

Er sah sie jetzt zum ersten Mal, er küsste sie, so schnell, als sei es nichts Besonderes.

Und sie hatte ihn gesehen, jahrelang, und hatte sich diesen Kuss ausgemalt, vorgestellt, immer und immer wieder den Moment zelebriert, wie einen kostbaren Schatz, in dem ihre Lippen einander finden würden. Vielleicht viel zu oft.

Und er hatte sie jetzt gesehen. Und gleich geküsst. Ohne zu wissen, was dies für sie bedeutete.

Ein paar Autos rauschten vorbei, als sie sich voneinander lösten. Bastian lächelte sie an.

»Wir sehen uns morgen«, meinte er dann und drehte sich um. Ging die Straße hoch, winkte noch einmal, und lief dann zur Haltestelle.

Line blieb stehen.

Stemmte sich dem Wind entgegen, der feine Nieseltröpfchen gegen ihre Brille blies.

Angenehm, ja, aber ihr Bauch und ihr Herz waren bei dem Kuss so unberührt geblieben wie ein ruhiger See mit spiegelglatter Oberfläche.

Keine Wellen, kein Sturm. Spiegelglatt.

Noch 2 Tage

Ich habe mich mit ihm getroffen. Und wir haben uns geküsst.
Alle meine Träume sind jetzt erfüllt, denkst du?
Alle meine Wünsche werden wahr, glaubst du?
Jetzt geht es mir endlich gut, vermutest du?
Falsch.
Es war vollkommen anders, als ich es mir immer vorgestellt habe. Denn es war nicht vollkommen. Ich dachte erst, ich müsste jetzt furchtbar enttäuscht sein und würde in ein tiefes Loch fallen, desillusioniert, als hätte ich hinter die Fassade des Lebens geblickt und gesehen, dass dort nicht mehr ist als auf der Vorderseite.
Aber so ist es nicht. Und weißt du wieso?
Weil ich an dich denken musste.
Ich habe dich noch nie gesehen und trotzdem denke ich mehr an dich als an den Jungen, in den ich glaubte schon so lange verliebt zu sein, der mich geküsst hat, ohne dass ich etwas dabei fühlte.
Weil ich an dich denke.
Denn, wie ich bei dem Kuss gemerkt habe, bringt einen die Illusion nicht weiter. Weder bei dem Kuss noch bei wunderbaren Briefen einer Person, die ich nicht wirklich kenne.

Ich hab heute in meinem Reclam-Orakel einen schönen Satz gezogen, er stammt aus Giuseppe Verdis Troubardour *und ich glaube, dass diese Worte mir ganz eindeutig sagen, dass ich mich nicht verstecken kann, sondern dass ich etwas ändern muss, um mein Leben in die Hand zu nehmen:* »Spielen wir bald andre Spiele!«
Wir spielen das Briefe-Spiel jetzt schon eine ganze Weile, finde ich. Und ich glaube, nun ist der Zeitpunkt gekommen, ein neues zu spielen.
Wollen wir uns treffen?

Der Raum war so übervoll vom Schweigen, dass Anton beinahe darin erstickte.

Das Leder, auf dem er saß, fühlte sich kalt an, und als er nach Veras Hand griff, die knochig neben ihm lag, war er überrascht, wie viel kälter diese war. Seine Eltern blickten ihn an. Vorwurfsvoll, traurig, ein wenig wütend und ja, er meinte, in den Augen seines Vaters sogar eine kleine Spur Desinteresse zu erkennen, während er auf seinem Smartphone irgendwelche Zahlen eingab und nur ab und an zu seiner Familie aufsah, die sich um den niedrigen Couchtisch gesetzt hatte.

Die Uhr im Wohnzimmer tickte laut.

»Kannst du uns jetzt erklären, was das alles soll?«, fragte seine Mutter und blies sich eine blondierte Strähne aus dem Gesicht. »Gleich fängt die Tagesschau an.«

Sie trug noch immer ihren Arztkittel, war gerade erst aus der Praxis gekommen, und doch hatte Anton darauf bestanden, dass sich alle vier versammelten.

Er spürte, wie Veras Hand leicht zitterte und er drückte sie, um ihr zu zeigen, dass sie nicht allein war.

»Also?« Mariannes Tonfall war drängend, ruhelos, gestresst, wie immer eigentlich.

Antons Kiefer mahlte langsam, als er bemerkte, wie eine leichte Wut in ihm aufstieg.

Auf seine Mutter, die sich mit anderen Männern traf, aber keine Zeit für die eigenen Kinder hatte.

Auf Friedhelm, der weiter auf das Gerät blickte und scheinbar irgendwelche Termine koordinierte.

»Vera?« Antons Worte waren sanft, als er sich zu seiner Schwester drehte und sie anblickte. Ihr schmales Gesicht, versteckt hinter spinnwebfeinem Haar, war blass und traurig, und in die große Sofadecke eingehüllt wirkte sie wie ein verletzter Welpe, der ihn jetzt aus großen Augen ansah.

Sie schluckte.

»Ich möchte in die Klinik gehen, die Anton im Internet gefunden hat. Ich möchte gesund werden und nicht immer so tun, als würde das alles schon irgendwie wieder gut werden. Ich möchte doch auch leben, ohne das Gedankenkarussell, das mich kaputt macht, Tag für Tag, und mir in meinem Kopf den Platz für die wichtigen Dinge nimmt.«

Anton war überrascht. Er hatte seine Schwester noch

nie so konkret über ihre Gefühle in Verbindung mit der Krankheit reden hören.

»Oh, Schätzchen«, murmelte Friedhelm und ließ jetzt das Handy sinken, wollte seiner Tochter die Hand aufs Knie legen, doch sie wich aus und klammerte sich an Anton. Unsicher zog ihr Vater die Finger zurück und rieb sich über die Glatze. Müde und ausgelaugt ließ er sich nach hinten in das weiche Lederpolster sinken.

Vom anderen Sessel kam ein lautes Stöhnen. »Nun haben wir den Salat«, seufzte Marianne und verdrehte die Augen. »Musstest du ihr diese Flausen in den Kopf setzen?«, fuhr sie ihren Sohn mit scharfer Stimme an und ihre Lippen bebten ärgerlich. »Du weißt genau, was das für Konsequenzen für meine Praxis haben kann. Eine Kinderärztin, die es nicht schafft, ihre eigene Tochter gesund zu pflegen, ich bitte dich!«

Dann richtete sie ihren Blick auf Vera und setzte ein beinahe süßes Lächeln auf, sprach mit hoher Stimme, wie mit einem kleinen Kind.

»Vera, Maus, du bist doch ein großes Mädchen. Und ich weiß, dass das alles schwer für dich ist, aber du schaffst das auch so! Du bist klug und stark.« Sie feuerte einen weiteren scharfen Blick gegen ihren Sohn, doch Anton sah nur kühl zurück und streichelte Veras Finger. Sie fing neben ihm an zu weinen, leise, geräuschlos rollten Tränen ihre Wangen hinab und hinterließen glänzende Spuren auf ihrer fahlen Haut.

»Nein«, flüsterte sie, »nein, ich bin nicht stark. Und ich

will nicht mehr.« Dann bettete sie ihren Kopf an Antons Arm und versteckte sich.

»Marianne«, meinte da plötzlich sein Vater mit ruhiger Stimme und richtete sich wieder auf. »Anton hat recht. Wir müssen wirklich sehen, wo wir Hilfe für Vera bekommen können. Ich habe das schon lange gesagt, aber jetzt wirst du dich nicht mehr in den Weg stellen. Das ist mehr als verantwortungslos.«

Seine Frau schnaubte. »Meine Tochter braucht keine Therapie!«, protestierte sie und presste entschlossen die Lippen zusammen, die Arme verschränkt.

»Stimmt«, meinte Anton und funkelte sie an, diese sture Frau, egoistisch und lieblos. Er konnte kaum fassen, was sie da sagte. »Wir brauchen alle eine.«

Jetzt schnappte seine Mutter nach Luft. »Ich glaub, ich höre wohl nicht richtig!«, rief sie dann und sprang auf. »Und das muss ich mir von meinem eigenen Sohn bieten lassen?«

»Marianne«, versuchte ihr Mann vom Sofa aus zu beschwichtigen. »Es tut doch nicht weh.«

Daraufhin herrschte wieder einen Moment Stille, während Anton langsam aufstand und nach einem Stapel Papier griff.

»Hier ist Infomaterial, das kannst du dir mal ansehen«, meinte er dann zu seinem Vater, bemüht, ruhig zu sprechen. »Vera hat dort einen Termin für ein Erstgespräch ausgemacht und wir können uns die Klinik einmal ansehen und dann zusammen mit Vera entscheiden, ob es für sie das Richtige ist.« Er drückte erneut die Hand seiner Schwester. »Danach müssen wir uns bemühen, das Ganze bei der Krankenversicherung durchzukriegen, meinte die Frau, mit der ich telefoniert habe, und wenn der Klinikaufenthalt genehmigt wird, kann Vera kommen.«

Friedhelm nickte und nahm die Zettel in die Hand, blätterte sie durch.

»Fällst du mir jetzt tatsächlich in den Rücken?«, fragte Marianne mit schneidend ruhiger Stimme und funkelte ihn von oben herab an.

»Nein«, meinte ihr Mann ruhig, ohne aufzublicken. »Im Gegenteil. Denn ich möchte nicht zusehen, wie meine Tochter vor den Augen der ganzen Familie verhungert.«

Der Satz hing in der Luft, spannungsgeladen und bedeutungsschwer. Schützend legte Anton einen Arm um Vera, als seine Mutter losdonnerte.

»Ich lasse mir den Ruf meiner Praxis nicht ruinieren! Ich nicht!« Sie riss sich schwer atmend den weißen Kittel von den Schultern und pfefferte ihn zu Boden.

»Ach ja?!«, brüllte nun auch Friedhelm. »Und weißt du was? Das ist mir egal! Ich werde mit Vera zu dem Erstgespräch fahren!«

»Das ist nicht die Art von Ehe, die ich mir vor zwanzig Jahren gewünscht habe«, keifte sie zurück und griff nach einer Glasschale mit Keksen, die auf dem Tisch stand, hielt sie nach oben.

»Meinst du etwa, dass dies meine Vorstellung einer Ehe war? Dass du dich mit diesem anderen Mann triffst? Dass du deine Zeit lieber mit fremden Kerlen teilst als mit mir oder unseren Kindern?«

»Friedhelm! Ich … ich …«, perplex starrte seine Frau ihn an. Dann drehte sie sich zu den beiden Jüngeren um, die immer noch auf dem Sofa saßen. »Anton!«, rief sie. »Hast du etwa …?«

»Ach, als ob ich Anton bräuchte, um herauszufinden, was hier los ist«, winkte sein Vater ab. »Wie lange geht das denn schon? Drei Monate? Vier?«

Anton beobachtete seine Eltern, die wie Furien aufeinander einbrüllten und sich gegenseitig Vorwürfe zuwarfen. Vera neben ihm hielt sich die Ohren zu und hatte den Kopf unter die Decke gesteckt. Und obwohl Anton wusste, dass seine Familie keine Familie mehr war, spürte er eine seltsame Art der Erleichterung. Er hatte Friedhelms Unterstützung, um Vera zu helfen. Er musste die Last des Wissens um die Affäre seiner Mutter nicht mehr tragen. Er musste nicht entscheiden, ob und wann er seinem Vater davon erzählte.

Die Familie lag vielleicht in Trümmern, aber mit etwas Glück könnten die Wunden heilen.

Ein lautes Splittern unterbrach die beiden Erwachsenen und es wurde wieder einen Moment lang still.

Die Glasscherben und Kekskrümel bedeckten den Parkettboden und Mariannes Hände schwebten noch immer über ihrem Kopf.

Dann ließ sie sie langsam sinken, als sei plötzlich alle Kraft aus ihrem Körper entwichen. Sie ging zur Wohnzimmertür und Anton hörte, wie sie im Flur ihre Jacke überstreifte. Einen Moment später wurde die Haustür geschlossen.
Langsam streckte Vera den Kopf wieder unter der Decke hervor und blickte unsicher erst Anton und dann ihren Vater an. »Und jetzt?«, fragte sie leise.
Friedhelm sprang auf, lief zum Bücherregal und griff nach dem Päckchen Zigaretten. Hektisch zerrte er eine hervor und steckte sie sich an, nahm einen Zug und inhalierte den Rauch tief in seine Lungen. Dann lehnte er sich gegen das Regal, den brennenden Stängel zwischen den Fingern, den Kopf mit geschlossenen Augen gegen das Holz gedrückt.
Er straffte die Schultern, schlug die Augen wieder auf und betrachtete die Zigarette, als sähe er sie zum ersten Mal. Dann drückte er sie mit angewidertem Gesicht aus.
»Jetzt? Jetzt wird alles anders«, meinte er und trat auf seine Kinder zu.
Wie im Reflex rückte Vera ein Stück von Anton ab, um ihrem Vater Platz zwischen ihnen zu schaffen. Auch Anton schob sich zur Seite. Das Polster sank ein, als Friedhelm sich zwischen ihnen niederließ und beiden kurz mit der Hand über den Rücken strich. Zunächst wollte Anton zurückzucken, doch dann ließ er die Geste geschehen.

»Okay«, murmelte Vera und griff nach einem der Kekse am Boden, der komischerweise heil geblieben war. Sie betrachtete ihn kurz, pustete ihn sauber und steckte ihn dann in den Mund.

Noch ein Tag

Du willst mich treffen?
Bist du dir sicher?
Hast du keine Angst, dass damit der Schutz verloren geht, dem anderen alles erzählen zu können?
Vielleicht schreibe ich das auch nur deshalb, weil ich selbst Angst davor habe.
Angst, dass ich nicht so bin, wie du mich gern hättest.
Dass du eine andere Vorstellung von mir hast.
Und dass dann alles kaputt ist. Denn deine Briefe geben mir im Moment den Halt, den ich sonst nicht bekomme.
Ich habe das Gefühl, es bricht alles zusammen: Meine Familie ist zerstritten, eine Freundin habe ich nicht mehr und beim Training gibt's auch keine Erfolge.
Aber aus Trümmern wächst auch etwas Neues: Ich habe meinen Vater überzeugen können, dass wir gemeinsam meiner Schwester aus ihrer Krankheit helfen.
Und das gibt mir nicht nur Hoffnung, sondern auch das Gefühl, endlich mal etwas richtig zu machen und Entscheidungen zu treffen, hinter denen ich stehe. Und die nicht nur den anderen gefallen müssen.
Sondern mir und meinem Gewissen.
Ob ich dich treffen will? Nein. Ich muss.

In der Schule wollte sie ihm erst aus dem Weg gehen, doch als sie in den Raum ihres Mathekurses trat, gab sie sich seufzend geschlagen.

Als ob das möglich war, wenn man in einem Zimmer saß.

Sie stellte ihren Rucksack ab und begann ihre Bücher auszupacken, während die meisten anderen schon auf ihren Plätzen saßen und sich lautstark unterhielten.

»Line«, hörte sie da auch schon Bastians Stimme und er kam von den Regalen aus dem hinteren Teil des Raumes auf sie zu. Line spürte die Blicke seiner Freunde, die sich wie Saugnäpfe an sie hefteten, als er sie hinten stehen ließ und zu ihr lief.

»Hi«, sagte er und seine Augen leuchteten, die weißen Zähne glänzten im Licht der Deckenfluter und erneut fiel Line auf, wie gut er aussah. Nur dass heute zum ersten Mal ihr Herz weiter seinen gewohnten Rhythmus schlug.

Ruhig, gelassen, stark.

»Hallo«, erwiderte sie und lächelte freundlich zurück.

Er beugte sich zu ihr hinab, um ihr einen Kuss auf die Wange zu drücken, doch sie wehrte ihn mit den Händen ein wenig ab, ließ nur eine kurze Umarmung zu.

In der Klasse war es ruhiger geworden. Bastians Freunde waren nicht die einzigen, die bemerkt hatten, dass er mit ihr, mit Line, nicht nur sprach, sondern sie umarmte. Auch die anderen sahen nun zu ihnen herüber.

Line meinte, im Boden versinken zu müssen, spürte in Gedanken schon die aufsteigende Röte, die ihr Gesicht

gleich erhitzen würde, doch auch das blieb heute aus.
Komisch.
So ungewohnt.
Angenehm, aber ungewohnt.
Sie blickte sich um. Nadine, Bastians beste Freundin, funkelte sie wütend an und Anton, ihr Freund, blickte ebenfalls etwas irritiert herüber. Doch dann erinnerte Line sein Blick an die Blicke, die er sonst nur Nadine zugeworfen hatte, deren Hand er komischerweise heute gar nicht hielt, und er nickte ihr sogar zu, ehe er sich weiter mit einem Kumpel unterhielt. Als habe Bastian nicht gerade versucht, sie, die Außenseiterin, zu küssen. Auch das überraschte Line.
Und wenn sie jetzt einmal tief in sich hineinspürte, merkte sie, dass sie eigentlich doch nicht das Gefühl hatte, sich schämen zu müssen. Wofür auch? Es war mehr die Gewohnheit, die ihr vorgab, sich schämen zu müssen.
So wie sie es jahrelang getan hatte.
»Ich …«, begann sie und sie suchte die richtigen Worte, die sich in ihrem Kopf verbargen, da waren, aber die sie nicht zu fassen bekam. Sie fuhr sich durch das kurze rote Haar und blickte ihn an. In die schönen Augen, um die sich bei seinem Lächeln jetzt kleine Fältchen warfen. Erst in diesem Moment fiel ihr auf, dass er zu dicht vor ihr stand und sie machte einen kleinen Schritt nach hinten. Seine Mundwinkel zuckten irritiert, doch er rückte nicht nach.

Line ließ den Blick durch die Klasse schweifen. Einige senkten rasch die Köpfe, als ihre Augen auf sie trafen, andere starrten die beiden unverhohlen an. Der Mathelehrer war noch immer nicht erschienen.

»Kannst du kurz mit rauskommen?«, bat Line und Bastian nickte. Line ließ ihre Schulsachen stehen, etwas, was sie vorher niemals getan hatte. Sie vertraute ihren Mitschülern nicht, vertraute niemandem, bis auf Anna vielleicht, ihrer kleinen unschuldigen Schwester. Jemand konnte ihr irgendeine Gemeinheit in die Schultasche stecken, wie die tote Maus in der siebten Klasse oder der klebrige Honig im letzten Sommer, so kindisch dieses Verhalten auch war. Jemand konnte ihr etwas klauen. Wenn sie nicht da war, konnte sie ihre Sachen nicht schützen.

Doch jetzt verschwendete sie keinen Gedanken daran, sondern lief an den Tischreihen vorbei zum Ausgang und trat hinaus in den zugigen Flur. Bastian folgte ihr und schloss die Tür hinter ihnen, sodass das Gemurmel für ihre Ohren verstummte und nichts zurückblieb, außer den gelb gestrichenen engen Wänden, dem schmutzigen Boden und dem Hall ihrer eigenen Schritte.

Nachdem Line einmal tief durchgeatmet hatte, blieb sie neben einigen Skulpturen stehen, die wohl irgendwelche Mittelstufenschüler im Kunstunterricht gebastelt hatten.

»Line …«, raunte Bastian und stellte sich nun wieder so dicht vor sie, dass sie sein Parfüm riechen konnte,

ein herber und doch sportlicher Duft, der ihr einen Moment lang den Atem raubte. Er streckte seine Hand nach ihr aus und berührte sanft ihre Wange. »Ich glaube, ich mag dich echt gern. Obwohl wir uns erst zwei Mal wirklich gesehen haben. Aber ich habe den Eindruck, du bist etwas Besonderes.«
Sie lächelte, ein wenig geschmeichelt war sie schon, aber es fühlte sich nicht richtig an. Vorsichtig nahm sie seine Hand von ihrer Wange.
»Ich bin etwas Besonderes«, sagte sie dann und verstummte für einen Moment. »Bis vor wenigen Tagen dachte ich, ich sei besonders traurig, besonders schlecht dran, besonders schwach, besonders unsicher.« Sie holte tief Luft. »Aber vor allem war ich dem Leben gegenüber besonders ungerecht. Ich hab ihm keine Chance gegeben, mich zu erreichen.« Jetzt sah sie ihm wieder direkt in die Augen und bemerkte, dass er die Brauen verständnislos zusammengezogen hatte. »Und *ich* habe dich nicht erst zwei Mal gesehen, glaub mir. Ich hatte einfach keine Möglichkeit, dich zu er*leben*. Genauso wenig, wie du mir die Chance geben konntest.«
Sie rückte ihre Brille zurecht, hielt seinen dunklen Augen weiterhin stand. Ein zweites Mal ertönte der Schulgong und sie sah, wie ihr Lehrer um die Ecke bog.
»Und ... was heißt das?«, fragte Bastian und Line wusste, dass er sie nicht richtig verstehen würde. Niemand konnte das. Bis auf den unbekannten Briefeschreiber vielleicht.

»Ein Junge hat mir gezeigt, dass ich selbst etwas ändern kann, dass ich mein Leben selbst meistern muss, um ein gutes daraus zu machen.« Bastian nickte langsam.
»Und ... dieser Junge war vermutlich nicht ich?«
»Nein.«
Schweigen.
»Bastian, Line, jetzt aber los in die Klasse«, unterbrach der Lehrer die Stille und öffnete die Tür, sodass das Gerede der anderen wie eine kurze Welle in den Gang schwappte.
»Sofort«, riefen sie beide gleichzeitig und mussten direkt danach grinsen.
»Das Besondere ist, dass ich durch ihn entdeckt habe, was mein Leben wert ist. Und vielleicht habe ich jetzt auch endlich mal angefangen, mich selbst kennenzulernen.«
»Okay ...«, gab Bastian gedehnt zurück, doch sein Tonfall machte deutlich, dass er ihr nicht hatte folgen können.
»Heißt das ... es gibt keine Chance, dass aus uns beiden etwas wird? Und Freunde, könnten wir vielleicht trotzdem Freunde werden?«
Line lächelte, sie lächelte warm und offen und wusste, dass sie in diesem Moment hübsch und selbstbewusst aussah. So, wie sie es sich immer erhofft hatte.
»Ja. Und Ja.«

Als sie die Tür zu ihrer Höhle öffnete, stieg ihr ein unangenehmer Geruch entgegen. Line rümpfte die Nase und sah sich in ihrem Zimmer um. Der Geruch war scharf, beißend, beinahe penetrant und erinnerte Line an ihre Zeit als kleines Kind, in der sie phasenweise beinahe jede Nacht ins Bett gemacht hatte.

»Anna?«, fragte sie zögernd und betrachtete ihre Decke, die wie zu einem unordentlichen Berg zusammengeknüllt dalag. Dabei war sich Line sicher, dass sie das Bett heute Morgen gemacht hatte, dass die Decke ordentlich gefaltet sein musste, wie immer. Leise schlich sie hinüber und warf sich dann plötzlich auf das Knäuel. Darunter quiekte jemand überrascht auf und Line riss den Stoff von ihrer kleinen Schwester herunter, stürzte sich auf sie und kitzelte sie durch, wie sie es seit Jahren nicht mehr getan hatte. Anna kreischte vor Lachen und Überraschung auf und ihr speckiges Gesicht wurde nach wenigen Sekunden rot.

»Aufhören«, prustete sie und Line ließ von ihr ab. Dann sah sie den großen feuchten Fleck in ihrem Bett und seufzte.

»Na komm«, sagte sie und fragte gar nicht nach, was die Kleine in ihrem Zimmer zu suchen hatte. Anna bemerkte Lines Blick und sah dann etwas beschämt zu dem Fleck auf dem Laken. Sie versuchte, ihn mit ihren kleinen Händen zu verdecken, doch er war zu groß.

»Entschuldigung«, murmelte sie. »Aber vorhin war der Papa da und hat so geschrien und da habe ich mich hier versteckt und irgendwie ist es dann passiert.«

Sie drehte ihre dünnen Rattenschwänze um die Finger und kroch aus dem Bett. Line drückte ihr einen Kuss auf den Scheitel.

»Nicht so schlimm«, meinte sie und begann energisch, das Bett abzuziehen. Sie kannte diese Angst vor dem Vater. Und sie wusste, dass die Gefühle, die Anna hatte, wenn Jens wieder laut wurde und ihre Mutter anschrie, einen selbst so hilflos machten, dass man nichts tun konnte, außer sich zu verstecken.

So wie Anna es getan hatte.

»Ich geh mal runter zu Mama. Vielleicht darf ich Fernsehen«, sagte die Kleine dann und lief zur Tür. »Der Papa ist ja jetzt weg.«

Line nickte und wartete, bis die Zimmertür geschlossen war, ehe sie von dem schmutzigen Laken abließ und zum Bücherregal hinüberging. Sie zog das erstbeste Reclam-Heftchen aus dem Regal. In den Händen hielt sie Mozarts *Zauberflöte*, und als sie den Finger auf eine willkürliche Textstelle legte, las sie dort zwei kurze und doch prägnante Zeilen: »Lebet wohl! Wir wollen gehen! Lebet wohl! Auf Wiedersehen!«

Einen Moment lang dachte Line nach und stellte das Heftchen zurück an seinen Platz. Ja, sie hatte in letzter Zeit oft daran gedacht ihrer Familie, diesem Haus, der Anwesenheit des Vaters Lebwohl zu sagen, aber auf eine andere Weise, als sie es noch vor wenigen Tagen hatte tun wollen.

Weglaufen und sich verstecken war nicht die Art Ausweg, den sie jetzt suchte, denn der verwehrte ihr das gerade anbrechende Leben. Wie naiv sie gewesen war! Wo hätte sie leben können? Chancenlos und ohne Zukunft? Wahrscheinlich war es genau das gewesen: Der Gedanke, sich um nichts mehr kümmern zu müssen und einfach stumm zu warten, bis alles irgendwann vorbei war. Und bloß nicht selbst etwas ändern müssen. Das tat weh und kostete Kraft. Besser, sich in ihrem eigenen dumpfen Nebel zu verbergen. Hatte sie gemeint.

Es gab andere Möglichkeiten und das wusste sie jetzt. Es würde schmerzvoll sein, nicht bei Anna zu leben und trotzdem zu wissen, dass sie litt und es jedes Mal zu sehen, wenn sie Anna besuchte. Sie würde die Kleine nicht mehr beschützen können. Schon jetzt fühlte Line das schlechte Gewissen in sich aufsteigen.

Sie *konnte* doch ihre Schwester nicht zurücklassen! Ihre Mutter nicht den Launen des Vaters aussetzen!

Und doch, in dem Gespräch mit der Therapeutin war deutlich geworden, dass sie wohl genau das tun musste, um sich und auch den anderen helfen zu können. *Selbstschutz* war das Wort gewesen, das Frau Theobald benutzt hatte.

Sie dachte an den Jungen. Der Junge, der ihr geholfen hatte, ein Stückchen von sich selbst zu finden. Vielleicht das allererste Stückchen, dem die weiteren beinahe automatisch gefolgt waren, als hätte jemand in Lines Leben nur eine Schnur finden müssen, die es galt langsam und vorsichtig ins Freie zu ziehen. Und vor allem: an der sie sich entlanghangeln konnte.

Und so bequem es war, sich diese Briefe anonym zu schreiben, hatte sie das unglaubliche Bedürfnis, ihn endlich sehen zu wollen. Ihn, einen Menschen aus Fleisch und Blut zu berühren. Nicht nur die Worte mit den Augen verschlingen, die kleinen Schnörkel der Handschrift betrachten, verstohlen an dem weißen Papier riechen. Dies war ihr spätestens bewusst geworden, seit sie Bastian nicht mehr begehrte. Denn es gab einen neuen, anderen, unbekannten Jungen in ihrem Leben.

In ihrem neuen Leben, das gerade erst begonnen hatte und jetzt nicht aufhören sollte. Und vor allem wollte sie endlich wissen, wem sie das zu verdanken hatte. Und vielleicht auch, mit wem sie es teilen konnte.

Sie atmete tief durch und schloss die Augen. *Auf Wiedersehen!* hatte das Orakel gesagt. Das würde kein Abschied für immer werden, im Gegenteil. Weder von den Menschen ihres alten Lebens noch von ihren Zwängen, Ängsten und Macken, die sie weiterhin in sich trug, wenn auch momentan klein und unscheinbar. Vielleicht konnte sie Anna ab und zu zu sich holen. Konnte ihre Mutter einladen.

Einen Augenblick lang blieb sie noch am Schreibtisch sitzen und schob die Gedanken in ihrem Kopf hin und her. Dann stand sie langsam auf, strich sich die Hose glatt und öffnete ihre Zimmertür.

»Anna?«, rief sie in den dunklen Flur und dann noch einmal lauter: »Anna?«
Einen Moment dauerte es, dann ertönte ein lang gezogenes: »Ja?«, aus dem unteren Stockwerk und Annas blonder Kopf erschien am Fuß der dunklen Holzstufen. Line schluckte und zwang sich dann zu einem Lächeln.
»Kommst du kurz rauf?«
Anna schnaufte unwillig, wahrscheinlich sah sie wirklich gerade fern, doch dann stapfte sie mit lauten Schritten die Treppe hinauf. Als sie hinter Line her in ihre Höhle trat, atmete sie geräuschvoll und eine dünne Strähne klebte feucht an ihrer Stirn. Unwillig sah sie zu dem abgezogenen Bettzeug, doch Line strich ihr über die Wange. »Komm«, sagte sie dann ruhig und setzte sich einfach auf den Teppich. Sie klopfte neben sich und Anna ließ sich fallen. Sie hockte sich auf ihre Knie und vergrub die kurzen Finger im flauschigen Teppich.
»Anna, ich hab dich sehr lieb!«, begann Line und zog ihre kleine Schwester sanft an einem der Rattenschwänze.
»Hey!«, lachte die und schüttelte den Kopf.
»Und Mama hat dich auch sehr lieb.«
Anna nickte, jetzt etwas ernster. »Ich weiß.«
»Ich möchte umziehen, Anna. Papa und ich, ich glaube, das funktioniert einfach nicht.«
Anna schüttelte den Kopf. »Versteh ich nicht«, sagte sie dann und spielte mit den Teppichflusen.
»Na«, meinte Line und rang mit den Worten, »ich über-

lege, ob es nicht besser wäre, wenn ich nicht mehr bei euch wohne. Nicht wegen dir oder Mama, sondern wegen Papa.«

Anna zog die Stirn kraus und sah sie aufmerksam an. »Ganz allein? Ohne mich?« Sie ließ die Flusen jetzt in Ruhe und legte ihrer Schwester eine Hand auf den Oberschenkel. »Ich will das nicht!«

Ihr herzförmiges Gesicht war konzentriert verzogen. »Bitte!«

Lines Bauch krampfte sich zusammen, als sie in die glänzenden Augen blickte. Sie hatte gewusst, dass es passieren würde. Aber sie musste es Anna einfach sagen! Ihrer Schwester, ihrer Verbündeten.

»Es geht leider nicht anders«, flüsterte sie. »Du weißt doch, wie Papa manchmal sein kann, oder?«

»Fies und gemein meinst du bestimmt.«

Eine Zeit lang sagte niemand von den beiden etwas, sie saßen einfach beieinander. Anna lehnte sich an die Schulter der Älteren und atmete ganz leise.

»Du kommst aber wieder, oder?«, flüsterte sie, ohne den Kopf zu heben.

»Anna!«, lachte Line. »Ich ziehe nicht weit weg! Ich muss doch auch zur Schule gehen.«

Anna seufzte laut auf.

»Jedenfalls wollte ich dich fragen, ob du Lust hast, mit mir dann eine schöne Zimmerfarbe zu finden. Und Bilder. Und Blumen.«

Der Gedanke war Line ganz plötzlich gekommen, doch

die Vorstellung, sich selbst ein eigenes Reich einzurichten, löste eine ungeahnte Freude in ihr aus. Jetzt sah Anna sie doch wieder an, immer noch skeptisch. »Darf ich das aussuchen?«, fragte sie und Line lächelte.

»Zusammen, okay?«

Jetzt wurde Anna auch etwas aufgeregt. »Rosa!«, platzte sie heraus. »Die Wände sollen rosa sein!«

»Rosa?« Line runzelte die Stirn und strich ihr über den Scheitel. »Das überlegen wir noch mal, in Ordnung?« Anna nickte, doch ihre Augen glänzten. »Ja, ja«, sagte sie, »wir können dir auch einen weißen Vorhang über das Bett hängen. Wie für echte Prinzessinnen!« Jetzt lachte sie und klatschte begeistert in die Hände. »Aber du darfst nur ausziehen, wenn ich dich immer besuchen kann!« Sie sah ihre Schwester scharf an. »Wenn Papa brüllt, komme ich einfach zu dir und wir kaufen wieder Pizza!« Es war keine Frage und Line war froh darum. »Versprochen!« Sie grinste und dann rannten die beiden die Treppe nach unten in den kleinen Flur. Anna zwinkerte ihr verschwörerisch zu und lief dann ins Wohnzimmer, um sich weiter ihre Zeichentrickserie anzusehen. Line griff nach der Zeitung, die ungelesen auf dem Schuhregal lag. Aus der Küche tönte Olgas leise, wie immer etwas verängstigt klingende Stimme, die wohl telefonierte, und Line schlich die Stufen schnell wieder nach oben, hatte keine Lust, sich jetzt mit irgendwem unterhalten zu müssen.

175

Wieder in ihrem Zimmer, ihrer Höhle, breitete sie die Zeitung aus und suchte eine Weile, ehe sie die Wohnungs- und WG-Anzeigen fand. Ob sie überhaupt passende Mitbewohner finden würde, die sie nahmen? Eine Schülerin wie sie? Die Frage nach dem Geld war eine andere, aber die Therapeutin hatte ihr Hoffnung gemacht, dass sie mithilfe des Kindergeldes bestimmt ein kleines Zimmer bezahlen konnte.
Sie musste auf jeden Fall raus!
Auf eigenen Füßen stehen und endlich erleben, was dieses Haus, diese Familie, sogar dieses Zimmer mit seinen schönen gelben Wänden seit achtzehn Jahren nicht zugelassen hatten.
Raschelnd blätterte Line um und fuhr mit dem Zeigefinger die Spalten der WGs entlang. Ihr Blick blieb einen Moment an einer der unspektakulären Zeilen kleben. Es war die kürzeste von allen und doch schwang eine Aussage in den wenigen Buchstaben, die Line auflachen ließ.
»Nette Dreier-Studenten-WG sucht neue Mitbewohnerin, gerne jung und lebenslustig. Achtung: Hier wird gelebt!«

Heute

Ich habe meinen Tag heute Morgen mit einem schönen Satz gestartet: »Ich bringe Rettung« hieß er und stand in Giuseppe Verdis Troubardour.
Ich habe einen Moment darüber nachdenken müssen, wer wohl mit ich *gemeint sein könnte. Ich glaube, die Bedeutung ist so klar und einfach, wie sie nur sein kann: ich.*
Vielleicht klingt das Wort »retten« zu hochtrabend, aber es passt doch.
Denn du hast mich dazu gebracht, mein eigenes Leben zu retten.
Und du hast deine Schwester gerettet.
Und wir beide haben uns selbst gerettet, auf eine Art und Weise, oder?
Wir haben uns geholfen, uns unterstützt und mussten letztendlich doch selbst handeln.
Jeder von uns musste ein eigenes Ich werden.
Ich bringe Rettung.
Wir bringen Rettung.
Ich könnte diesen Brief unendlich lang machen, dir erzählen, was ich gestern getan habe, was ich entschieden habe, wie ich mich fühle und was ich denke.

Doch ich glaube, es ist einfacher, wenn ich dir dabei ins Gesicht blicke.
Ich bin heute Abend um acht unten am Bach, an genau der Stelle, an der wir unsere Briefe täglich hinterlassen. Und du?

Heute begannen die Ferien. Die Zeit, auf die er sich seit Wochen gefreut hatte: jeden Tag Training, Sport und Joggen, die letzten Sonnentage genießen. Freunde treffen und natürlich der Wochenendtrip nach Paris, den er Nadine zu ihrem letzten Geburtstag geschenkt hatte. Als Anton jetzt die Hauptstraße entlanglief, die Fußballschuhe über die Schulter gehängt, war von diesen Gedanken nichts mehr übrig. Er hatte kaum Lust aufs Fußballspielen, die Kurzreise würde nicht stattfinden, er würde sich mit seiner Schwester eine Klinik ansehen und anstelle von dem Filmabend, der heute geplant gewesen war, hatte der kleine Zettel, den er am Morgen noch vor den drei Stunden Unterricht am Bach geholt hatte, eine vollkommen neue Perspektive eröffnet.
Er würde das Mädchen treffen.
Sein Herz begann schon beim Gedanken daran schneller zu schlagen. Es war anders als bei Nadine. Nadine hatte er erobern wollen, mit flammendem Herzen. Es war so viel einfacher gewesen als die Gefühle, die er für eine Unbekannte hegte.

Sie wollte er kennenlernen. Danke sagen.
Egal, wer heute Abend am Bach auf ihn warten würde.
Ein Auto rauschte vorbei und fuhr durch eine Pfütze, sodass sein neues Fußballtrikot von kleinen Schlammspritzern bedeckt wurde, doch Anton wischte nur schnell über den Stoff.
Ja, er war aufgeregt.
Denn dieses Mädchen, diese Briefeschreiberin, war nicht einfach nur zu einer Zeit in sein Leben getreten, in der sich so viel veränderte: Er hatte den Aufstieg zu den Profis seines Vereins nicht geschafft. Seine Freundin hatte er verlassen, seine Eltern lebten momentan getrennt und er wusste nicht, wie es weitergehen sollte, wann und ob seine Mutter aus dem Hotel ausziehen würde, in dem sie nun seit zwei Nächten lebte. Und seine Schwester konnte endlich Hilfe bei ihrer schon viel zu lange andauernden Krankheit bekommen.
Sondern all die Dinge hatte dieses Mädchen nicht unerheblich beeinflusst. Dadurch, dass sie *ihn* veränderte. Und das allein durch Worte, die seine Gedanken herumgewirbelt hatten. Vielleicht klang es übertrieben, aber trotz all der schwierigen Situationen hatte er das Gefühl, in den letzten Tagen fast ein neuer Mensch geworden zu sein.
Zu sehen.
Zu fühlen.
Und zu entscheiden.
Er schlenderte den Bürgersteig entlang, er war eh schon

zu spät und würde vermutlich eine Strafrunde um den Platz laufen müssen. Wie sooft in der letzten Zeit. Und konzentrieren konnte er sich auch nicht, viel zu sehr spukte das Mädchen in seinem Kopf herum, ein Phantom, das heute endlich ein Gesicht erhalten würde.

Ob das gut war?

Das wusste er nicht. Aber er wusste, dass er sie kennenlernen wollte.

Spontan beschloss er, den Sport zu schwänzen und sich ein Eis zu kaufen. Vorne an der Ecke gab es eine kleine Eisdiele, das wusste er von Bastian, der sich dort öfters eine Waffel holte. Und das vor dem Training!

Anton hätte das nie gewagt.

Er ging ein paar Schritte weiter und sah schon das Schild. Der Schriftzug *Venezia* wirkte beinahe schäbig und er überlegte, wieder umzukehren, als eine alte Dame mit Hund das Café verließ und ihm die Tür auffordernd offen hielt. Er bedankte sich und trat ein.

Groß war der Raum nicht, kaum zu vergleichen mit dem *Eispalast* in der Innenstadt, in den er mit Nadine so oft gegangen war, wo alles glänzte und man sein Eis an Glastischen mit schicken Barhockern serviert bekam. Hier waren beinahe kitschige Landschaftsbilder an die Wand gepinselt, einige Grünpflanzen standen in den Ecken und bis auf einen Mann mit Laptop und Espresso vor sich war das kleine Lokal leer.

Ein helles Glöckchen bimmelte, als das Türschloss hinter ihm einrastete. Anton fuhr sich durchs blonde Haar und trat nach vorne zu der Theke, hinter deren Glasscheiben einige sehr verlockend aussehende Eissorten präsentiert wurden. Doch der Platz dahinter war unbesetzt.

»Hallo?!«, rief er zaghaft und der Mann mit dem Kaffee blickte kurz auf. Anton räusperte sich. »Ist jemand da?«

Unsicher drehte er sich schon fast zum Gehen um, die Turnschuhe wieder geschultert, als jemand irgendwo hinter der Holztür, die sich neben der Theke befand, etwas rief. Eine Frau?

Er blieb stehen und die Tür wurde schwungvoll geöffnet, das Mädchen trug weiße Kleidung, ein kleines helles Mützchen und in den Händen hielt sie eine neue Portion von einem köstlich cremig aussehenden Eis in hellem Grün.

Ihr Haar war kurz und ihre leicht geröteten Wangen ließen ihr hübsches Gesicht hinter der Brille leuchten.

»Line!«, entfuhr es ihm, als er seine Klassenkameradin erkannte, die Außenseiterin, mit der Bastian sich getroffen hatte. Wenn er sie so betrachtete, wie sie dastand, mit dem Eiskittel und dem entschlossenen Ausdruck in den grünen Augen, wusste er gar nicht, warum sie so lange Opfer seiner Scherze gewesen war.

Und ein Schamgefühl, jahrelang zu denen gehört zu haben, die sich über sie lustig machten, überrollte ihn wie eine kalte Welle.

»Anton!«, rief sie, nicht minder überrascht, doch sie

fing sich schneller als er. »Du hast bestimmt auch Training, wie Bastian, oder?«, fragte sie und deutete mit ihrem Kinn auf die Sportschuhe, während sie das Eis in dem silbernen Aluminiumbehälter neben Vanille und Mango einsortierte.
Er war überrascht, wie ungezwungen sie ihm antwortete.
»Ja, eigentlich schon«, ging er gleich darauf ein, um kein peinliches Schweigen entstehen zu lassen, »aber ich dachte, ich hole mir doch lieber ein Eis.«
Er blickte sie an.
Lächelte sie?
Sie lächelte!
»Gute Entscheidung«, gab Line zurück und deutete ausladend auf die vielen unterschiedlichen Sorten, während sie mit der anderen Hand bereits nach einem der typisch italienischen Spachtel griff.
Noch immer überrumpelt von ihrer Offenheit vertiefte sich Anton in die kleinen Kärtchen, auf denen in schwungvoller Schrift die Eissorten standen.
»Hm«, meinte er und kratzte sich am blonden Kopf. »Ich glaube …«, er hob seinen Blick, »ich nehme das, was du eben geholt hast.« Jetzt erwiderte er ihr Lächeln und er hoffte, genauso warm, wie sie es tat.
Line spachtelte ihm geschickt eine Portion grünes Eis in ein Hörnchen und reichte es ihm über die Theke. Als er nach der Waffel griff, berührten sich kurz ihre Fingerspitzen und er glaubte zu wissen, dass sie dieses fast

elektrisierende Gefühl ebenfalls spürte, als ihre warme Haut für den Bruchteil einer Sekunde aufeinandertraf.

»Danke«, meinte er und dann passierte etwas, das seit Jahren nicht vor einem Mädchen passiert war, noch nicht mal vor Nadine. Er wurde rot wie ein kleiner Junge.

Line lächelte immer noch. »Das ist übrigens Kiwi-Eis«, sagte sie und legte den Spachtel beiseite.

Bastian nickte und kostete es.

»Schmeckt super!«, lobte er dann und grinste, sodass sich die Sommersprossen in seinem Gesicht zu feinen Sprenkeln verzogen. Er probierte noch einmal.

»Ja dann …«, murmelte er und deutete vage in Richtung Ausgang.

»Komm doch öfter vorbei«, antwortete Line ungewohnt fröhlich und rückte sich ihr Mützchen auf dem kurzen Haar zurecht.

Anton nickte nur.

»Dir einen schönen Abend!« Mehr fiel ihm nicht ein.

Sie lächelte, als habe er etwas gesagt, das sie wirklich berührte.

»Danke«, sagte sie dann mit leiser Stimme, doch sie hörte nicht auf zu lächeln. »Dir auch!«

Der Herbstwind fuhr durch die Äste der nun schon beinahe vollends kahlen Bäume und schien ein ganz eigenes Lied zu pfeifen. Die abendliche Sonne brach sich im Licht des sich windenden Bachlaufes und schien warm und rot auf das grüne Gras der wild wuchernden Wiese. Sein Herz klopfte, der Fahrtwind kühlte sein heißes Gesicht und doch konnte er die schwirrenden Gedanken, die seinen Kopf bevölkerten, nicht loswerden.

Der Kies unter seinen Fahrradreifen knirschte und Anton war außer Atem, so schnell fuhr er. Jeden Tag war er diesen Weg in der letzten Zeit gefahren. Jedes Mal hatte er einen kleinen weißen Brief unten am Ufer des Baches versteckt, zwischen den dicken Steinbrocken, damit auch niemand sonst ihn fand, damit der Wind ihn nicht stahl, damit das Wasser ihn nicht fortriss. Oder er war mit einem Zettel zurückgekommen, den eine Fremde ihm auf die gleiche Weise hinterlassen hatte.

Ein geheimer Briefkasten, geboren aus dem Zufall und dem Umstand, dass dieser Ort für beide eine Bedeutung hatte.

Er trat noch heftiger in die Pedale, zügelte sich dann aber. Er wollte nicht komplett rot und verschwitzt ankommen. Rasch bog er um die Kurve und ließ seinen Schwung langsam ausrollen. Da stand die Bank, auf der er vor etwas mehr als zwei Wochen noch mit Nadine gesessen hatte, ehe ihr Schal davongeflogen war und er den ersten, traurigen Brief eines verzweifelten Mädchens gefunden hatte, das mit dem Gedanken spielte, sein Leben wegzuwerfen.

Und jetzt, siebzehn Tage und siebzehn Briefe später traf er diesen Menschen, der ihm so fremd und zugleich so vertraut war. Ein Mädchen, das sich ihm offenbart hatte. Und dem er sich genauso zeigte.
Sie hatten sich verändert.
Beide.
Durch den anderen.
Anton rollte langsam zu der schmalen Bank. Ein zweites Fahrrad war gegen die Latten der Rückseite gelehnt.
Sie war schon da.
Erneut beschleunigte sich sein Atem, jetzt aber nicht aufgrund der schnellen Fahrt.
Wen würde er zu Gesicht bekommen?
Wen würde er treffen?
Und war das überhaupt von Bedeutung?
Er stieg ab und lief die wenigen Meter, die ihn noch vom Bach trennten, von ihrem geheimen Versteck, sehr langsam.
Mit Bedacht.
Sein Herzschlag setzte einen Moment aus, als er sie dort stehen sah, ihm den Rücken zugewandt. Eine schmale Gestalt in einem roten Anorak, der beinahe zu groß für ihre zarte Statur wirkte. Sie warf kleine Steinchen in den glitzernden Bach, dessen Lichtreflexe zarte Punkte und Sprenkel ans Ufer malten.
Er trat näher auf sie zu. Diese kurzen, rötlichen Haare kamen ihm bekannt vor.
Das Gras unter seinen Schuhen raschelte und weder

das Rauschen des Wassers noch die Vögel konnten sein Näherkommen jetzt noch länger verhüllen.

Auch sie musste ihn gehört haben. Er sah, wie sie die Hände sinken ließ, die letzten Steinchen durch ihre Finger fielen und im hohen Gras landeten.

Sie drehte sich um, wandte ihm ihr Gesicht zu und blickte ihn aus grünen Augen an.

Dieses Werk wurde vermittelt durch die Agentur Brauer

Kolbe, Karolin:
17 Briefe oder der Tag, an dem ich verschwinden wollte
ISBN 978 3 522 50452 2

Einbandgestaltung: Lowlypaper, Marion Blomeyer
Innentypografie: Judith Schumann
Schrift: Minion Pro/Didot
Reproduktion: Medienfabrik GmbH, Stuttgart
Druck und Bindung: CPI Books GmbH, Leck
© 2015 Planet Girl
in der Thienemann-Esslinger Verlag GmbH, Stuttgart
Printed in Germany. Alle Rechte vorbehalten.
5 4 3 2 1°   15 16 17 18

Neue Bücher entdecken, in Leseproben stöbern und Wissenswertes erfahren in unseren Newslettern für Bücherfans.
Jetzt anmelden unter: www.planet-girl-verlag.de

www.karolin-kolbe.de

Frischer Wind für Träume

Miriam Dubini
Aria
Das Schicksal fährt Fahrrad
208 Seiten · Gebunden
ISBN 978-3-522-50390-7

Verloren gegangene Briefe, Päckchen und Nachrichten landen leider nicht im Fundbüro. Manchmal tauchen sie auf kuriose Weise plötzlich wieder auf – vielleicht sogar erst viele Jahre später, aber genau im richtigen Moment.

„Was für ein Idiot!" Bei einer stürmischen Begegnung lernt Aria Anselmo kennen, der als Fahrradkurier genau wie sie selbst am liebsten auf zwei Rädern in Rom unterwegs ist. Doch Anselmo ist kein normaler Kurier. Seine Nachrichten treffen irgendwie immer im richtigen Moment ein und verändern das Schicksal ihrer Empfänger. Dieses Mal bekommt er selbst eine Botschaft: Aria.

PLANET GIRL
Meine Welt voller Bücher!

www.planet-girl-verlag.de

Das schönste Gefühl der Welt!

planet girl

L. Celestino
Wolke 7
Das Kreativbuch zum Verlieben
144 Seiten · Gebunden
ISBN 978-3-522-50403-4

Du grübelst und zweifelst, im nächsten Moment schäumst du über und möchtest am liebsten schreien vor Glück. Willkommen auf Wolke 7!
Dieses Kreativbuch lenkt dein Gefühlschaos in die richtigen Bahnen. Es steckt voller Tagebuchseiten, Psychotests, Tipps und Geschichten, Kritzelseiten, Do-it-Yourself-Ideen und Rezepte für die aufregendste Zeit des Lebens.

PLANET GIRL
Meine Welt voller Bücher!

www.planet-girl-verlag.de

Für alle Fans von John Green

Martin Gülich
Der Zufall kann mich mal
192 Seiten · Broschur
ISBN 978-3-522-20208-4

Manchmal kommt einem alles vor wie ein bescheuerter Zufall: Ein blöder Unfall, der einem als Andenken ein steifes Bein hinterlässt. Die Tatsache, dass sich der beste Freund ausgerechnet in dasselbe Mädchen verliebt. Oder dass die Mutter eines Freundes ihre Familie im Stich lässt und der Vater daraufhin auch noch zur Flasche greift. Der 14-jährige Tim hat genug von Zufällen dieser Art und beschließt zu handeln. Schließlich muss man sich vom Schicksal ja echt nicht alles gefallen lassen!

THIENEMANN
Wir schreiben Geschichten!

www.thienemann.de